Secrets d'Histoire Junior

Le Secret d'Octavius

Sophie Crépon

Joyeux Anniversaire Clotilde !
Souvenir de notre passage
à La Rochelle !
Luc. 10/2021

LAROUSSE

Direction de la publication : Carine Girac-Marinier
Direction éditoriale : Julie Pelpel-Moulian
Direction artistique : Ulrike Meindl
Mise en pages : Cécile Rabataud
Fabrication : Ombeline Canaud

Illustrations
Steven Cabrol
Shutterstock.com

ISBN : 978-2-03-599687-9

Secrets d'Histoire Junior

Le Secret d'Octavius

Sophie Crépon

Larousse

Avec

SECRETS d'HISTOIRE Junior

l'Histoire devient vivante et passionnante :

et d'autres titres à découvrir !

TABLE DES MATIÈRES

L'EMPIRE ROMAIN AU Ier SIÈCLE

CHAPITRE I

L'histoire que tu t'apprêtes à découvrir, lecteur, s'est déroulée il y a fort longtemps, à une époque où ni la France ni aucun des pays que tu connais n'existaient encore. Bien entendu, la Terre ressemblait déjà à la Terre… Les arbres, les fleurs, les animaux et les hommes ressemblaient à ceux d'aujourd'hui. Mais ce sont là à peu près les seuls points communs avec notre monde actuel. Enfin, pas tout à fait…

Un nom, peut-être, te sera familier. Rome. Ces quatre lettres te disent quelque chose, n'est-ce pas ?

Oui, tu as deviné… Rome, la capitale de l'Empire romain, brille toujours d'un éclat glorieux. Au Ier siècle de notre ère, cette fière citée, érigée sur les bords du Tibre[1], était gouvernée par l'empereur Néron, avec l'aide des dieux et du Sénat.

Le jeune Octavius, fils du sénateur Caius, croisait quelquefois ce César dans les rues étroites du Capitole[2]. Enfin… Disons plutôt qu'il l'apercevait derrière les rangs serrés de sa garde prétorienne. Quand les légionnaires traversaient la ville, ils avançaient vite, en cadence. Un, deux, trois… Leurs pieds frappaient le pavé avec la précision d'une mécanique tandis qu'au-dessus de leurs casques, leurs plumets sautillaient en rythme. À les regarder, Octavius sentait parfois monter dans sa gorge

---

1. Le fleuve qui traverse l'actuelle Rome.
2. Le Palatin et le Capitole sont deux collines sur lesquelles étaient bâtis respectivement les palais impériaux, le Grand Cirque et de nombreux temples dédiés à Jupiter, Junon et Minerve.

un terrible fou rire ! Et puis… le cliquetis des glaives sur les armures le rappelait à l'ordre ! Ces combattants d'élite étaient entraînés à la défense de leur maître. Ils n'hésiteraient pas à tuer, même pour un sourire gentiment moqueur… Un jour, Octavius serait sans doute l'un des leurs, bien qu'il n'ait pas le goût du sang. Son père ne désirait rien tant que le voir s'engager au service de l'empereur.

Ce que Caius souhaitait avec l'approbation de sa mère, Julia, le jeune garçon, sans aucun doute, l'accomplirait sans discuter. Au temps des Romains, les enfants devaient obéissance à leurs parents, les volontés des pères ne se discutaient pas.

*****

Octavius sentit un mouvement à ses côtés qui le sortit de sa rêverie. Pétrone… En une seconde, tout lui revint à l'esprit. Les deux amis s'étaient donné rendez-vous aux thermes du Champ de Mars[1]. Depuis le début de l'après-midi, ils se prélassaient dans les douces vapeurs parfumées du tepidarium[2], parmi un groupe de jeunes filles dont les rires et les éclats de voix les berçaient. Pétrone prit la parole pour la première fois depuis un moment.

---

1. Quartier romain. Les thermes avaient été érigés par Néron pour le peuple. Ils ont été détruits avant la fin du Ier siècle.

2. Salle tiède.

Sa voix résonna étrangement :

— Et il ne veut jamais t'en parler ?

— Non.

Octavius laissa son regard errer sur les mosaïques bleues et brunes qui ornaient le fond du bassin rectangulaire devant eux. Une grande scène représentait Neptune sur un char tiré par des chevaux marins, un trident levé à la main, prêt à frapper. D'un léger coup de pied, depuis les marches où il était assis, Octavius effleura la surface de l'eau. L'image brouillée du dieu marin s'évanouit un instant.

— Mon père se met en colère dès que je commence à lui poser des questions, soupira-t-il.

Pétrone regarda son ami avec un air désolé puis haussa les épaules avant de bondir sur ses pieds.

— Allons au sudatorium[1] ! J'ai envie de sentir le strigile[2] sur ma peau !

---

1. Pièce très chaude.

2. Sorte de petit racloir en fer, en forme de S.

Quelques minutes plus tard, les deux garçons, en sueur, palpitaient sous l'effet de l'air sec et suffoquant d'une petite salle où se reposaient d'autres baigneurs. Octavius s'assit à même le sol près d'une vasque d'eau fraîche. Pétrone s'allongea sur un banc surélevé. Aussitôt, un Nubien au torse luisant, les hanches enveloppées dans un pagne blanc, entra dans la salle pour lui prodiguer des soins. L'esclave commença par l'enduire d'huile parfumée puis il massa chaque muscle, les épaules, le dos et les bras. Une heure passa ainsi, dans un silence moite et vaporeux. Dans son demi-sommeil, Octavius entendait mille rumeurs confuses venues des jardins extérieurs : les cris assourdis des vendeurs de saucisses, les cavalcades des enfants, les rires et les conversations des Romains venus parler affaires ou jouer aux osselets entre amis… Le jeune garçon sursauta quand la voix de son ami retentit. Le Nubien avait terminé et nettoyait son strigile sur un chiffon humide. Pétrone s'était redressé, et tout en se tamponnant le visage à l'aide d'un chiffon humide, il désignait du doigt le symbole mystérieux sur l'épaule gauche d'Octavius :

— Elle te fait mal ?

— Un peu, admit Octavius en grimaçant. Puis il reprit : Tu te fais épiler les aisselles aujourd'hui ?

— Non, j'en ai assez.

— On passe à la bibliothèque, alors ? Sénèque va y faire une lecture publique dans une demi-heure.

— Va pour ton philosophe préféré ! sourit Pétrone.

Les deux amis récupérèrent leurs affaires à l'apodyterium[1] où un esclave les avait surveillées en échange d'un sesterce. La bibliothèque se trouvait à l'angle sud de l'enceinte des thermes, à quelques minutes à pied.

---

1. Vestiaires.

Alors qu'ils atteignaient la colonnade qui donnait accès à la salle de lecture, Pétrone attrapa le bras de son ami :

— Ce ne serait pas Messaline, là-bas ?

Octavius tourna ses regards vers la longue jeune fille que lui désignait son ami. Un homme à la corpulence athlétique s'entretenait avec elle, de l'autre côté de la palestre encore fréquentée par les athlètes en cette fin d'après-midi ensoleillée.

— Si… Mais je ne sais pas ce qu'elle fait ici. Ma mère lui a interdit de sortir jusqu'à nouvel ordre, murmura Octavius. À cause de « qui tu sais »…

Pétrone hocha la tête. Messaline lui avait brisé le cœur un mois plus tôt, quand il avait compris que la jeune fille en aimait un autre que lui.

— Enfin, reprit Octavius, je crois deviner… Le garçon avec qui elle parle est un ami de Faustus. Un certain Volesus… Je suppose qu'elle est en train de comploter pour rencontrer Faustus en cachette…

Les deux garçons épièrent Messaline encore un moment, dissimulés derrière une colonne. La conversation s'envenimait entre les deux jeunes gens.

— Il vaut mieux qu'elle ne nous voie pas, glissa Octavius. C'est une vraie peste, en ce moment…

*****

Ce jour-là, cependant, Sénèque ne se présenta pas à la bibliothèque. La rue s'agitait… Octavius et Pétrone durent regagner au plus vite leurs domiciles respectifs. Une terrible nouvelle venait de tomber : Agrippine, la mère de Néron, avait été retrouvée morte dans ses appartements. La rumeur prétendait que c'était son propre fils qui l'avait fait assassiner[1] avec la complicité de sa maîtresse, Poppée.

---

1. En 59.

Chez lui, sur la colline de l'Aventin[1], Octavius trouva son père dans un état de grande agitation. Julia, à demi allongée sur une banquette de repos, tentait d'apaiser son époux par des paroles rassurantes. Le sénateur laissa éclater son inquiétude rageuse.

— Tu n'as rien compris, Julia, à ce qui est en train de se passer ! hurla Caius en continuant à faire les cent pas, une main nerveuse dans ses cheveux. J'avais pourtant prévenu Sénèque et Burrus[2]… Néron va devenir incontrôlable maintenant qu'Agrippine n'est plus là !

— Mais…, balbutia Julia, qu'est-ce que Sénèque et Burrus ont à voir dans cette histoire ? Je croyais que… Tu crois que… ?

Julia s'interrompit quand elle aperçut Octavius s'avancer dans l'atrium. La jeune femme s'efforça de sourire.

---

1. L'Aventin était une colline qui abritait les résidences des riches Romains. On pouvait y voir de nombreux jardins.

2. Burrus était le conseiller de Néron, aux côtés de Sénèque.

— Mon fils, te voilà…

— Que se passe-t-il, Mère ? Je vous ai entendu parler de Sénèque… Il n'est pas venu donner sa lecture publique à la bibliothèque… Il est donc vrai qu'Agrippine est morte ?

Octavius coula un regard interrogateur vers son père, qui s'était laissé tomber sur la banquette à côté de son épouse. Caius frappa dans ses mains.

Une esclave parut et vint s'incliner devant le maître de la maison.

— Flavia, apporte-nous du fromage, du vin et du raisin, ordonna-t-il avant d'ajouter d'une voix radoucie : Approche, mon fils, assieds-toi là près de moi.

Capricius, le petit bichon maltais de la famille, jappa de plaisir et sauta sur les genoux de son jeune maître. Comme tous les Romains, la famille d'Octavius adorait les animaux. Chez eux, on pouvait rencontrer le lapin Cali, et Socrate, le perroquet au plumage flamboyant rouge et bleu qu'un général nommé Decimus avait rapporté à Caius de ses expéditions en Afrique. Socrate ne cessait jamais de se dandiner sur son perchoir. Selon son humeur, il lui arrivait d'accueillir les membres de la famille et les visiteurs par des vers de Virgile et d'Ovide[1] ou par d'horribles jurons…

---

1. Deux grands poètes latins : Ovide (43 av. J.-C-17 apr. J.-C.), Virgile (70-19 av. J.-C.).

— Oublions tout cela, reprit Caius. Je ne vais que trop entendre parler de cette histoire ces prochains jours... Sénèque va certainement prendre la défense de Néron aux prochaines ides[1] mais je crains que, cette fois, la réputation de l'empereur ne souffre durablement.

Octavius haussa légèrement les épaules. Les meurtres étaient monnaie courante à Rome. Quelques années plus tôt, l'empereur Claude avait fait supprimer sa troisième épouse au prétexte qu'elle complotait contre lui. Il s'était marié avec Agrippine, sa nièce, puis lui-même était mort empoisonné. Quelques mois plus tard, Britannicus, le fils que Claude avait eu de son précédent mariage, était mort à son tour. Le malheureux adolescent avait succombé lors d'un banquet, après avoir absorbé du vin.

---

1. Les ides correspondaient à la moitié du mois du calendrier romain, c'est-à-dire, selon les mois, au 13e ou 15e jour du mois. Les sénateurs se réunissaient aux ides et aux calendes (premier jour du mois).

— Un meurtre de plus, un de moins, qu'est-ce que cela change ? demanda Octavius, désabusé.

— Tu te trompes, mon fils, soupira Caius. Le peuple commence à gronder... Il est inquiet. Il en a assez des violences de Néron et de sa clique[1]. Une partie des citoyens désapprouve sa vie de débauché, surtout depuis qu'il s'est amouraché de cette Poppée... Par ses actes, il humilie publiquement Octavie, son épouse. Octavie ! Cette femme est pourtant un modèle de patience et de vertu ! Et puis... Les Romains n'aiment pas que leur empereur perde son temps à chanter et à jouer de la lyre. C'est bon pour les poètes...

Caius avait prononcé ces derniers mots avec un léger mépris. Julia, restée silencieuse jusque-là, posa une main sur le bras de son mari.

---

1. Néron s'était entouré d'un groupe de favoris et de courtisans avec lesquels il s'adonnait la nuit à l'ivresse, aux orgies et aux bagarres.

— Caius, s'il te plaît… As-tu oublié qu'Octavius compose lui-même des vers ? Très beaux, d'ailleurs… Tu n'as jamais pris le temps de les lire.

— Non, et je ne le prendrai pas, rétorqua le sénateur. Mon fils ne deviendra pas un rimailleur, un amuseur public.

— Mais je ne suis pas ton fils !! hurla Octavius en sautant sur ses pieds.

Le jeune garçon se mordit les lèvres tandis que des flots de larmes lui montaient aux yeux. Julia lui attrapa doucement les mains pour le faire rasseoir. Octavius se laissa aller contre sa mère, le corps secoué de violents hoquets.

— Ça, c'est sûr que tu n'es pas son fils, lança une voix féminine…

Messaline se détacha d'une colonne du péristyle qui entourait l'atrium. Elle s'avança, nonchalante, deux couleuvres parfaitement domestiquées enroulées autour de son cou.

— Ça suffit, Messaline ! siffla Julia. Depuis combien de temps es-tu là, à te cacher ? D'où viens-tu ? Je t'avais interdit de sortir !

— Je nourrissais Échidna et Amphisbène, mes deux petites chéries, Mère, susurra Messaline en désignant les deux serpents.

Un silence tendu les enveloppa tous les quatre, que Flavia rompit en apportant la collation. Julia attrapa le menton de son fils. Octavius essuya ses yeux bouffis d'une main tremblante.

— Tu es notre fils bien-aimé, Octavius. Pourquoi te mets-tu ces idées en tête ? Tu fais partie de la gens Antonia[1], comme nous tous ici. Caius et moi, nous t'aimons. Et nous sommes fiers de toi.

Octavius secoua la tête. Non, il ne voulait plus entendre ces paroles rassurantes que sa famille lui

---

1. Gens Antonia : la famille des Antonii, l'une des grandes familles romaines de l'Antiquité.

servait depuis l'enfance. Pourquoi ne comprenaient-ils pas ? Puisqu'il savait… Il sentait en lui une présence étrange. Les dieux lui envoyaient des signaux. Des messages qu'il ne savait comment interpréter… Des rêves effrayants.

— D'où je viens, Mère ? supplia Octavius en regardant Julia droit dans les yeux. J'ai besoin de savoir. Et je suis sûr que les Lares[1] sont d'accord avec moi. Ils me l'ont dit.

Julia et Caius échangèrent un long regard inquiet tandis que Messaline, caressant ses couleuvres, contemplait son frère avec un méchant sourire flottant. Caius se râcla la gorge puis reprit la parole :

— Octavius, tu aimes les mots et la poésie… Soit. Peut-être ai-je tort de vouloir faire de toi un général. Tu vas bientôt avoir quinze ans. Ta mère et moi, nous allons t'offrir les services

1. Les lares sont les dieux protecteurs de la maison et de la famille chez les Romains.

d'un précepteur particulier qui t'enseignera l'art de la rhétorique[1]. Qu'en dis-tu ?

Julia lança à son fils un regard d'encouragement.

— Nous pourrions demander à Sénèque, justement, reprit-elle. Ton père le connaît bien…

— Séééénèèèèquuuue ! Quéquèèèète !
Connnaaaiiiisss bien ! Connaaaaiiiiis bien !

Octavius ne put s'empêcher d'éclater de rire en entendant le craillement de son perroquet. Socrate sautillait sur son perchoir en lui lançant de brûlantes œillades en biais.

— Quééééquèèèttte ! Poèèèèttttteee !

Caius, rassuré, se leva, le sourire aux lèvres :

— C'est décidé ! Je dois voir Sénèque demain. Je ne doute pas qu'il sera ravi de te compter parmi ses élèves !

---

1. La rhétorique est l'art de composer et de déclamer des discours bien construits, bien argumentés.

Sur ces mots, le sénateur tourna les talons. Cet homme énergique, d'une bonne nature mais peu sensible aux chagrins de son fils, crut la question réglée. Une fois franchi le seuil de sa maison, il ne songea plus qu'aux soucis que la situation politique de Rome n'allait pas manquer de lui causer dans les semaines à venir.

CHAPITRE II

Caius ne soupçonnait pas combien les événements allaient bientôt lui donner raison. En quelques semaines, l'atmosphère dans la capitale impériale se dégrada au point que l'on craignit des émeutes. Dans les tavernes et les allées des marchés, le peuple ne parlait plus que de l'assassinat d'Agrippine. L'identité du coupable ne rendait que plus odieux le crime. Car plus personne ne doutait à Rome que Néron eût empoisonné sa propre mère, avec l'aide de Locuste, une sorcière qui habitait dans une cabane en bordure de la forêt.

— Locuste… ? répéta Octavius, les yeux écarquillés de crainte.

Le jeune garçon prenait ce jour-là sa première leçon de rhétorique avec Sénèque. Le vieux philosophe reprit :

— Ce nom te dit-il quelque chose ? Elle vit entourée de chiens et de vipères, à l'écart de la ville.

— C'est cette femme maigre que l'on voit parfois traîner au forum ? Elle m'a toujours fait peur…

— Avec raison… Mieux vaut ne pas avoir affaire à elle, soupira Sénèque avant de reprendre, les yeux plissés sous son crâne dégarni, un doigt vénérable dressé dans le vide :

— Écoute bien ce que je vais te dire, Octavius. Il en va de ta connaissance des hommes et de l'exercice du pouvoir. Tu sais que Burrus et moi, nous conseillons Néron depuis des années, n'est-ce pas ?

— Oui, maître, opina Octavius.

— Eh bien… Agrippine ne le supportait plus. Elle a tenté de nous écarter en faisant croire à l'empereur que nous étions ses ennemis. Elle a ensuite comploté contre son propre fils. Néron ne pouvait tolérer ces agissements.

— Si je devais diriger un jour, c'est donc cette leçon horrible que je devrais retenir ? C'est moi ou les autres, il n'y a pas d'autre choix possible ?

L'air triste et désapprobateur de son élève attendrit le philosophe, endurci par des années de fréquentation des puissants.

— Hélas… Rome est un nid de vipères, soupira-t-il. Contente-toi d'apprendre à écrire et à prononcer de beaux discours. Les mots peuvent être des armes aussi efficaces que n'importe quel poison.

La leçon de rhétorique se déroulait sous le portique d'une petite place ombragée, à deux pas du Forum ancien. C'était un lieu calme et parfumé où Sénèque et Octavius se retrouvaient deux fois par semaine, pendant la période des beaux jours. Le jeune homme, avant de rejoindre Pétrone aux thermes, passait ainsi deux heures avec son précepteur. Il parvenait, grâce à cet enseignement exigeant, à oublier ses cauchemars et ses questions.

Il en fut ainsi pendant quelques mois, jusqu'à ce qu'un nouveau drame vînt jeter dans les rues de Rome les fureurs du peuple.

******

Ce jour-là, Octavius et Sénèque venaient de se quitter. L'élève regarda le maître s'éloigner en se demandant comment il allait employer le reste de sa journée. L'après-midi était encore peu avancé. Octavius ne pouvait compter sur Pétrone. Son ami lui avait signalé son absence pour quelques semaines : il devait se rendre à Calcata, une petite ville à 27 milles[1] de Rome. Depuis un mois, alors que la saison des prunes, des pêches et des figues battait son plein, le rendement des terres diminuait. Le jeune homme avait été chargé par son père d'en découvrir la cause et de punir les fermiers s'il s'avérait que ces derniers avaient volé la famille.

Octavius dirigea ses pas au hasard, la tête bourdonnante de mille pensées. Depuis peu, des images confuses revenaient le hanter pendant son sommeil. La nuit précédente, Pluton[2] avait ainsi jailli au-dessus de son lit de bois, sur un char tiré par quatre chevaux noirs. Sous son casque en cuir de chien, la peau du dieu des Enfers luisait de sueur, comme s'il sortait d'une fournaise. Autour de lui, les trois têtes de l'horrible Cerbère flottaient en

---

1. Le mille correspond environ à 1,470 km.

2. Le dieu Pluton chez les Romains jugeait les morts : selon qu'ils avaient vécu une bonne ou une mauvaise vie, il les envoyait aux Champs Élysées (sorte de paradis) ou bien dans les Tartares (l'enfer).

aboyant avec fureur. Curieusement, Octavius ne pouvait les entendre. Il avait beau tendre l'oreille, se rapprocher… Rien n'y faisait. Il ne percevait qu'un silence de mort. Des dizaines de prêtres avaient ensuite surgi de l'ombre profonde de la chambre pour former une sanglante procession. Octavius distingua d'abord leurs ombres gigantesques sur les murs de sa chambre. Les silhouettes vêtues de longues tuniques se suivaient d'un pas ample, à la queue leu leu. À mesure qu'elles avançaient au rythme d'une musique muette, leurs contours se précisaient, si bien qu'Octavius finit par apercevoir les couteaux à manche rond et pommeau d'ébène que les prêtres serraient dans leurs mains. Soudain, un trait de feu avait tracé un arc de cercle dans l'air vide. Un bras s'élevait et s'abattait, sans relâche, avec acharnement. Dans son sommeil, Octavius avait eu un haut-le-corps. Les prêtres cisaillaient les entrailles d'un bœuf noir à fines cornes, par terre, au pied du lit transformé en autel. Tandis que le sang coulait à gros bouillons entre les pattes tremblantes de la bête, Octavius avait senti son corps quitter son lit. Il vacillait dans le vide, au-dessus d'énormes cyprès[1] qui n'arrêtaient pas de pousser, pousser toujours plus haut. Les arbres avaient grandi jusqu'à crever le plafond, atteindre le ciel et obscurcir la lumière d'Apollon[2]. Une forte odeur de soufre avait envahi sa chambre et puis… le rêve s'était évanoui. Octavius s'était réveillé…

— Oh ! Fais attention, crétin !

Le jeune garçon sursauta. Il se trouvait loin du centre, dans les quartiers pauvres de la ville où s'entassait une plèbe miséreuse venue d'Orient et des rives de la Méditerranée. Par mégarde, il venait de bousculer l'étal d'un marchand de papyrus et

1. Chez les Romains, les cyprès étaient plantés dans les cimetières. Ils symbolisaient la mort et la tristesse.
2. Dieu des arts, de la beauté, du Soleil. Les Romains se le représentaient conduisant un char dans le ciel, du matin au soir.

de tuniques de lin. L'homme paraissait inquiet. Il jetait des regards apeurés de tous côtés. Octavius n'en comprit pas immédiatement la raison, puis vit les insulae[1] qui bordaient la rue où il se trouvait, les échoppes au rez-de-chaussée et les pavés sales. Une forte odeur d'urine montait de flaques stagnantes. Des bribes de conversations énervées et des éclats de voix atteignirent soudain son cerveau. On se disputait… On se bousculait ! Dans un brouillard, les visages enragés d'hommes et de femmes envahirent soudain son champ de vision. Leurs poings fermés se dressèrent au-dessus de leur tête.

— Octavie a été assassinée ! Comme une vulgaire chienne !

— On lui a ouvert les veines ! On vient de la retrouver ![2]

---

1. Immeubles romains entre 3 et 6 étages au maximum. Les Romains les plus modestes y habitaient. Ces édifices abritaient des boutiques au rez-de-chaussée.

2. Octavie a été retrouvée les veines ouvertes le 9 juin 62.

— Mort à Néron !

— Mort au débauché !

Hébété, Octavius vit tout à coup un légionnaire jeter violemment à terre une femme hurlante. Puis un autre, qui fonçait sur un groupe de protestataires, la lance à la main. Plusieurs cohortes *urbanes*[1] venaient de pénétrer par le côté ouest de la rue. Une immense panique s'empara de la foule. Une vague brutale, aveugle, emporta Octavius. On se mit à détaler en tous sens. Dans la confusion, le jeune homme trébucha et manqua être écrasé. Il se releva, se tordit la cheville et comme il regardait en tous sens pour repérer un endroit où s'abriter, il vit, à quelques pas de lui, une jeune fille face contre terre, immobile, la tête en sang. Il se précipita.

— Relève-toi !

---

1. Patrouilles chargées de sillonner la ville. Elles ont été créées par l'empereur Auguste, au Ier siècle av. J.-C.

Sans réfléchir, le jeune homme la saisit par les aisselles avec une certaine brutalité. Comme elle ne réagissait pas, il la traîna, évitant les coups de pied, de poing et de jambe de la foule en fuite. La pauvre créature gémissait, les yeux fermés, le menton brinquebalant sur sa poitrine. Octavius parvint à la hisser et à l'allonger sous une galerie surélevée. Une grosse femme blottie dans une boutique derrière des rouleaux de soie, des balles de laine et des piles d'étoffes de coton lui fit signe de la rejoindre.

— Amène la petite à l'abri, lui cria-t-elle. Je la connais, c'est l'esclave d'une voisine !

Il fallut une bonne heure pour que les bagarres se calment enfin et que les rues se vident, offrant un triste spectacle : des blessés par dizaines, éborgnés, clopinaient au cou de voisins ou d'amis. Au sol, des jarres d'huile fracassées achevaient de se vider au milieu de débris de toutes sortes, de légumes et de fruits écrasés.

Des chiens se disputaient des salaisons de lard et de saucisses abandonnées. Quelques miséreux s'empressaient de ramasser les miches de pain tombées dans la poussière. Quelque part, dans les arrière-boutiques et les ruelles sombres, des enfants pleuraient de terreur.

La boutiquière et Octavius sortirent avec prudence de leur cachette. La jeune fille se réveillait enfin. C'était une adolescente frêle, aux cheveux assez clairs, qui devait avoir une douzaine d'années.

— Tu l'as échappé belle, Livie, gouailla la matrone. Tu peux remercier le jeune homme. C'est lui qui t'a sauvée !

Livie tourna son petit visage pointu vers Octavius. Une vive douleur lui traversa soudain le cou.

— Aïe… ! grimaça-t-elle en se frottant les cervicales. J'ai du mal à bouger la tête.

— Tu es peut-être blessée, suggéra Octavius.

— Je vais regarder, dit la marchande en attrapant la tunique de Livie. S'il faut, je t'appliquerai un baume de ma fabrication.

Octavius ne comptait pas s'attarder davantage. Julia s'inquiétait sûrement de le savoir à l'extérieur en ces circonstances et il voulait aller la rassurer le plus vite possible. Mais un détail, tout à coup, l'arrêta net.

Livie portait sur l'épaule droite une tache de naissance identique à la sienne.

*****

Après une vingtaine de minutes de marche, les deux jeunes gens s'arrêtèrent devant une boutique de poteries et de céramiques. Dans un renfoncement de la rue, un désordre chancelant d'amphores et de vases brisés s'entassait en attendant d'être évacué en dehors de la ville.

— C'est là que j'habite, dit simplement Livie.

Octavius leva le nez sur l'immeuble à quatre étages entièrement en briques. Il existait peu de ces édifices à Rome. On bâtissait encore la plupart des insulae avec du bois et du torchis pour les étages supérieurs. Contre toute attente, cette habitation-ci présentait une jolie façade, avec des balcons en surplomb, et plus loin, un vaste porche décoré de revêtements en stuc. Des pigeons roucoulants picoraient sur les rebords des fenêtres ouvertes en plein vent. D'en bas, le jeune homme ne voyait que leur ventre gris souris et leur queue aux plumes écartées. Un escalier courait le long de la façade pour donner accès à chaque appartement. Livie y grimpa quatre à quatre jusqu'au deuxième étage. Aucun locataire ne vint à leur rencontre, ni ne s'accouda pour voir qui arrivait.

La pièce dans laquelle ils pénétrèrent était modeste et propre. Un réchaud à charbon de bois, deux braseros, un grabat à deux places, une banquette et une paillasse en constituaient le seul mobilier. Le jeune garçon se tourna vers sa nouvelle amie.

— Je ne vais pas pouvoir rester longtemps. Raconte…

Livie hocha la tête sans se faire prier. Elle invita Octavius à s'asseoir.

— On m'a toujours dit que j'étais née en Gaule, commença-t-elle. À Massalia ou dans un village alentours… Je n'ai aucun souvenir de ma famille, sauf le visage d'une femme, qui est très flou. Ça faisait comme une couronne de feu autour de sa tête. Je la vois s'approcher de moi, se pencher et puis… Plus rien.

— Mais… Ces potiers avec qui tu vis… Qui sont-ils ? demanda Octavius en fronçant les sourcils.

— Ce sont des Romains… Ils n'ont pas d'enfants. Ils me considèrent comme leur fille bien que je ne sois pas affranchie. J'ai toujours été leur esclave.

Livie continua son récit tout en préparant une citronnade. Ses maîtres l'avaient achetée en Gaule romaine une dizaine d'années auparavant alors qu'elle n'avait que deux ou trois ans.

— Ils n'ont jamais pu me dire d'où je venais, finit-elle par conclure. Ils ne connaissaient pas le marchand d'esclaves… C'était la première fois qu'il vendait à Massalia. Et j'étais la seule enfant de son cheptel, les autres esclaves à vendre étaient des Germains, je crois…

Octavius resta pensif.

— Et toi ? reprit Livie. Sais-tu d'où vient cette marque sur ton épaule ?

— Je n'en ai aucune idée… As-tu déjà rencontré d'autres personnes avec cette tache ?

— Jamais, répondit Livie.

Le soleil atteignait à présent la ligne de crête de l'Aventin, en face d'eux. Dans quelques minutes, l'astre sombrerait de l'autre côté de la colline et abandonnerait le ciel à l'ombre naissante. Les hirondelles s'élanceraient très haut dans les airs bleus, en joyeuses bandes piaillantes. C'était leur habitude, à la belle saison. La soirée commencerait alors.

Elle s'étirerait longtemps avant la tombée de la nuit. Ce serait sûrement une volupté de profiter de la douceur du souffle tiède venu de la mer, que l'on devinait à quelques dizaines de milles de Rome. Octavius se dirigea vers l'escalier extérieur. Il ne pouvait plus s'attarder. Livie agita sa petite main en signe d'adieu à travers un rayon de lumière où dansaient des myriades de particules dorées :

— Mon rêve, c'est de retourner en Gaule. J'irai un jour, par Jupiter ! lui lança-t-elle avec un air de défi.

CHAPITRE III

Les mains du bibliothécaire ouvrirent l'une des armoires en bois aménagées dans les niches creusées à même les murs. Ses doigts décharnés coururent avec habileté sur les rouleaux de cuir, au niveau des titres indiqués sur la tranche. Ils s'arrêtèrent sur trois d'entre eux et tapotèrent dessus.

— Ils sont là !

L'esclave saisit les étuis et les tendit au jeune homme qui attendait devant lui.

— Une amende de cinquante sesterces te sera infligée si tu ne rapportes pas ces rouleaux dans dix jours.

Octavius hocha la tête. Il connaissait le règlement. Ce n'était pas la première fois qu'il empruntait des papyrus à la bibliothèque des thermes du Champs de Mars. De toute façon, il était connu ici. Tout le monde savait qu'il était le fils du sénateur Caius. On saurait bien aller le chercher chez lui s'il manquait à ses devoirs.

Dernièrement, il avait emprunté des discours que Sénèque lui avait recommandé de lire, ainsi que des poèmes de Lucrèce et d'Horace. Le précepteur voulait que son élève soit érudit. La liste des auteurs qu'il lui donnait à lire ne cessait de s'allonger : Tite-Live l'historien, Vitruve l'architecte, et puis aussi Platon, et Aristote, et Homère… Pour l'heure, Octavius n'était guère disposé à se laisser séduire par la poésie ou la philosophie. Un seul sujet le passionnait : la Gaule. L'esclave avait ricané :

— Ah, ah ! tu t'intéresses aux barbares chevelus[1] ? Dans ce cas, je te conseille de lire Strabon et Jules César.

C'est ainsi que le fils de Caius et Julia ressortit de la bibliothèque avec sous le bras *La guerre des Gaules* de Jules César et le livre IV de *La géographie* de Strabon. Parvenu chez lui, il s'installa dans l'œcus mais n'eut guère le temps de se plonger dans la lecture. La voix moqueuse si familière résonna derrière son dos :

— Tu t'intéresses à la Gaule, maintenant ?

Le jeune homme soupira.

— Au moins, je m'intéresse à quelque chose, Messaline. On ne peut pas en dire autant de toi. Mis à part comploter avec Volesus pour revoir Faustus en cachette…

L'espace d'une demi-seconde, un sombre éclair électrisa les prunelles de la sœur d'Octavius.

1. Les Romains appelaient ainsi les Gaulois.

— Détrompe-toi, sourit-elle enfin en prenant place aux côtés de son frère. Je m'intéresse à toi… et je te comprends.

Elle fit une pause avant de désigner du menton le rouleau que son frère avait déplié devant lui :

— Pourquoi la Gaule ?

Octavius hésita puis haussa les épaules. Qu'avait-il donc à perdre ? Messaline aurait peut-être quelques idées à lui suggérer.

— J'ai rencontré une fille qui a exactement la même tache de naissance que moi, mais sur l'épaule droite. Elle est originaire de la Gaule et je me disais que, peut-être…

— Il faut que tu enquêtes sur elle, le coupa Messaline.

Octavius hocha la tête distraitement. Messaline voulait tout savoir, il ne lui cacha rien.

— Si j'étais toi, je l'espionnerais, finit par conclure Messaline. Suis-la discrètement. Cette Livie ne t'a peut-être pas tout dit…

Qui sait si elle ne connaît pas d'autres personnes avec une tache comme la tienne sur l'épaule ?

*****

Cette conversation devait cheminer dans l'esprit d'Octavius. Le jeune homme, cependant, ne savait trop comment s'y prendre. Il n'avait jamais espionné personne. Rome s'avérait périlleuse pour qui s'aventurait dans ses bas-fonds sans en connaître par cœur les innombrables ruelles enchevêtrées. L'on pouvait y croiser des individus peu recommandables, s'y égarer dans des coupe-gorges et perdre la vie sans même y prendre garde.

La situation du moment n'arrangeait rien à la dangerosité naturelle de Rome. Depuis le meurtre d'Octavie et le remariage de Néron avec Poppée, la population demeurait tendue et agressive. Les problèmes d'approvisionnement en blé de la capitale de l'empire se multipliaient, compliquant la vie quotidienne de ses habitants. De violents affrontements éclataient parfois la nuit dans les quartiers populeux du Suburre et de l'Argilète. D'autres événements ajoutaient à la nervosité du Sénat et de Caius en particulier. Burrus, le fidèle conseiller de l'empereur, était mort quelques semaines plus tôt. Un certain Tigellin l'avait remplacé au poste de commandant de la garde prétorienne de Rome. Octavius sentait bien que la disparition de Burrus et la nomination du nouveau préfet affectaient son précepteur... Le vieux Sénèque ne jouissait plus de l'influence qu'il exerçait autrefois sur la cour. Et de vilaines accusations de corruption couraient sur son compte... « Quoi ! On me reproche d'aimer trop l'argent ! s'emporta un jour le philosophe devant son élève. Mais n'est-ce pas le cas de tous les aristocrates de cette cité ? » En vérité, l'arrivée de Tigellin n'arrangeait pas les affaires de Sénèque. Sous son influence, Néron se méfiait de tout et de tout le monde. Il imaginait des complots sous chaque brin d'herbe… Octavius entendait souvent son père s'en plaindre lors des banquets qu'il donnait à ses amis sénateurs.

Ce fut justement à l'occasion de l'un de ces repas du soir donnés en la demeure du sénateur que Pétrone, revenu de Calcata, proposa son aide à Octavius. Le dîner avait commencé une heure plus tôt dans une ambiance chaude et gourmande d'odeurs salées sucrées, de jus de volailles et de légumes braisés. Flavia, l'esclave de la maison, chantait des airs poétiques en s'accompagnant d'une lyre. Un jongleur et un équilibriste l'encadraient de leur bonne humeur. De temps en temps, ils donnaient un petit intermède de numéros d'agilité qui arrachaient aux convives des cris de joie et des applaudissements enthousiastes. Les invités, pour une fois, n'étaient guère nombreux. Installées à gauche du triclinium sur des banquettes recouvertes de peaux de lion, Julia et ses deux amies, les pétulantes Mettia et Nona, bavardaient gaiement tout en agaçant le perroquet Socrate. En face, Caius et Décimus échangeaient les dernières nouvelles parvenues de la Bretagne[1], une province fraîchement conquise par les vaillantes légions romaines. Sur la droite, Octavius et Pétrone se gavaient de fritures à l'ail arrosées de garum[2] en trinquant avec leurs cratères à tout instant. Messaline, affalée sur sa propre banquette, la mine boudeuse, ne participait guère aux jeux des deux garçons. Sa main fine et blanche criblée de taches de rousseur caressait Échidna et Amphisbène. Sa bouche pincée ne décrochait pas un mot…

— Tu sais quoi ? Je t'accompagnerai pour ta première filature, murmura Pétrone à l'oreille de son ami.

---

1. Actuelle Grande-Bretagne. Jules César, au Ier siècle avant J.-C., avait déjà tenté de la conquérir.

2. Sauce au goût très fort obtenue à partir de la macération de thons et de maquereaux dans des intestins de poissons. Le garum provenait souvent des pêcheries de Gadès (Cadix, actuelle Espagne).

Dans un même mouvement, le jeune garçon tendit la main vers un plateau pour attraper un morceau de porcelet farci de dattes et d'escargots. Octavius, déjà amolli par l'alcool ingurgité, leva un sourcil intéressé.

— Ces crêtes de paons sont divines, chère Julia, glouglouta le vieux Décimus en se léchant les doigts. Ma chère épouse n'a pas votre talent de cuisinière. Je lui ai pourtant dit de s'inspirer des recettes de ce Lucullus dont tout le monde parle…

— Vous n'avez pas encore goûté mon ragoût de tétines de truie, sourit Julia en lui tendant un plat. Vous allez m'en dire des nouvelles…

Ces soirées passées à boire, à manger et à s'échanger des compliments ennuyaient un peu Octavius. Il se pencha de nouveau vers Pétrone :

— On pourrait y aller dès ce soir, lui murmura-t-il. Si tu nous trouves une excuse pour leur fausser compagnie…

Pétrone considéra son ami d'un œil contrarié. Depuis le début de la soirée, il tentait d'attirer l'attention de Messaline. Il ne perdait pas espoir de la voir revenir à de meilleurs sentiments à son égard. Caius, pas plus que Julia ne voyaient d'un bon œil les sentiments de leur fille pour Faustus, l'aîné d'une famille trop modeste à leurs yeux… Pétrone, en revanche, gardait toutes ses chances. Octavius devina les pensées de son ami et lui sourit d'un air innocent :

— Je te promets de convaincre ma chère et tendre sœur de t'écouter, lui glissa-t-il entre deux gorgées de vin.

Pétrone leva les yeux au ciel. Il n'était pas dupe. Quand Octavius avait une idée en tête, il était prêt à jurer n'importe quoi…

— Tu crois que je m'avoue vaincu pour ce soir ? lui susurra-t-il, les sourcils haussés. Moi, fils de Marcus ? Tu crois que je ne peux pas obtenir ta sœur ?

Il faut reconnaître au compagnon de jeu d'Octavius ce caractère coriace qui fait les grands hommes. Se tournant vers l'élue de son cœur avec un sourire gracieux, il tenta encore une fois une plaisanterie, une blague pleine d'esprit qu'il gardait en réserve depuis son arrivée. Sa propre mère avait ri aux éclats quand elle l'avait entendue la première fois.

Le malheureux prétendant ne réussit qu'à s'attirer une réponse glaciale et pleine de dédain que Messaline décocha au moment même où, par malheur, les conversations tombèrent et que le silence laissa toute la place à son humiliation :

— Tu me diras à quel moment je dois rire…

Le pauvre Pétrone rougit comme une pivoine, jusqu'à la racine des cheveux et même au-delà. Octavius fut le seul à voir briller ses yeux. La généreuse Julia, qui appréciait son jeune invité, s'empressa de lui tendre un plateau chargé de raisins :

— Goûte-moi ces petites merveilles ! lança-t-elle d'une voix un peu trop aiguë. Ces fruits viennent du domaine de notre ami Decimus ici présent…

— Merci, Julia, tout était délicieux, hoqueta Pétrone. Je vais devoir partir… J'ai un service à demander à Octavius. Avec mon père, nous avons rapporté des prunes de Calcata. Ma famille aimerait vous faire cadeau de quelques-unes avant que nos esclaves les vendent demain dans nos boutiques. J'ai besoin d'Octavius pour les transporter jusqu'ici…

— Bien sûr, Pétrone, intervint Caius sans laisser à Julia le temps de répondre. Sauvez-vous ! Amusez-vous ! Et pense à saluer ton père de ma part.

*****

Les rues de Rome se noyaient déjà dans une ombre épaisse lorsque Octavius et Pétrone prirent la direction du Viminal en longeant la rive Est du

Tibre. Livie habitait au-delà des forums de César et Auguste, dans la petite plaine située au pied des pentes du Quirinal. Le ciel était d'encre noire, l'air chargé de lourds effluves de jasmin et de rose. Pas un filet de lune ne s'accrochait aux arêtes des temples et des basiliques dressés dans l'obscurité. Des torches, arrimées aux murs tous les cinq mètres, éclairaient à peine leur chemin.

— Elle ne te mérite pas, commença Octavius en scrutant le triste profil de son ami.

Pétrone accéléra encore le pas.

— Laisse tomber ! balaya-t-il d'un geste sec. Dis-moi plutôt quelle direction on prend.

— À droite…

Sans plus échanger un mot, les deux garçons s'engagèrent dans une ruelle bordée de tavernes et d'éventaires de vendeurs ambulants où grésillaient des braseros. Des tables installées à l'extérieur sous des auvents accueillaient quelques buveurs, sans doute des légionnaires en repos et des marchands en affaires. Entre deux bouffées de notes de musique et de rires vulgaires, des grappes de jeunes fêtards jaillissaient des établissements obscurs où danseuses, chanteurs et vendeurs de plaisirs s'échauffaient la panse en braillant. À deux ou trois reprises, les deux amis manquèrent d'être entraînés dans de bouillants règlements de comptes. Enfin, ils atteignirent le quartier de Suburre.

— Et maintenant ? demanda Pétrone au tournant d'une rue plongée dans l'obscurité.

L'insulae où habitait Livie se dressait à quelques centaines de mètres. Des jarres remplies d'eau, que les habitants avaient obligation de laisser à disposition des vigies en cas d'incendie, s'alignaient par dizaines, du haut en bas de la rue. Octavius avisa la fenêtre du logis des potiers, au deuxième étage. La lumière de plusieurs bougies y projetait des ombres mouvantes sur les murs. Le jeune garçon se trouva un peu penaud. À vrai dire, il n'avait pas vraiment réfléchi à un plan d'action pour ce soir.

— Je veux juste savoir à quoi ressemblent les maîtres de Livie, finit-il par répondre. On reviendra demain et je tâcherai d'en savoir plus en les faisant parler. On peut monter et essayer de les apercevoir par la fenêtre.

Les deux garçons étaient presque parvenus au pied de l'édifice et s'apprêtaient à gravir l'escalier lorsque, au bout de la ruelle, des torches, une dizaine peut-être, trouèrent soudain l'obscurité. C'était un groupe d'hommes, habillés de longues tuniques et ceinturés de cuir. On ne pouvait distinguer leurs visages, dissimulés sous d'amples châles de laine.

— Ils se dirigent vers nous, souffla Octavius.

Les deux garçons bondirent tels des chats vers l'embrasure d'une porte qui devait donner sur une arrière-boutique, à une dizaine de mètres de l'entrée de l'insulae. De leur poste d'observation, ils virent arriver de singuliers accoutrements que Pétrone reconnut aussitôt.

— Ce sont des juifs ! murmura-t-il.

Rome abritait au Ier siècle une importante communauté de ces marchands venus de la province romaine de Syrie[1]. La plupart vivaient dans le Transtiberim, un vaste quartier situé sur la rive ouest du Tibre, à l'extérieur de l'enceinte servienne.

— Qu'est-ce qu'ils viennent faire ici ? chuchota Octavius, les yeux écarquillés.

Sans hésitation, les visiteurs nocturnes s'arrêtèrent devant l'insulae. L'un des inconnus imita le cri d'une chouette. Quelques secondes plus tard, Livie les rejoignait, aussi silencieuse qu'un souffle d'air. Elle fit une génuflexion devant celui qui paraissait être le chef de l'expédition puis se signa avec sa main

---

1. Colonie romaine établie par le général Pompée en 64 av. J.-C., au temps du règne de Jules César. La capitale était Jérusalem.

droite. Celui qui se faisait appeler Paul[1] toucha alors le front de la jeune fille pour y tracer à son tour une croix du bout des doigts. Et il murmura dans l'haleine chaude de la nuit sans étoiles :

— *In nominee Patris, et Filii, et Spiritus Sancti, Amen.*

Octavius et Pétrone se regardèrent, stupéfaits : Livie appartenait à la secte des chrétiens.

---

1. Saint Paul, l'un des principaux évangélisateurs de l'Europe, est sans doute venu à Rome au Ier siècle, sous le règne de Néron. La tradition chrétienne situe sa mort dans cette ville, où il aurait été décapité lors des persécutions qui ont suivi le grand incendie de Rome.

CHAPITRE IV

Octavius ne mit pas longtemps à connaître les habitudes de Livie. En une semaine, il put retracer chaque heure de son emploi du temps. Pétrone l'accompagnait quelquefois. Les deux garçons s'aperçurent rapidement que la fillette jouissait d'une grande liberté malgré son statut d'esclave. Ses maîtres semblaient nourrir pour elle une véritable affection, qu'elle leur rendait bien. Tous les matins, elle travaillait à la boutique, du lever du jour au début de l'après-midi. Lorsque le soleil était au zénith et que la chaleur devenait trop intense, elle fermait les volets de la petite échoppe et regagnait l'ombre apaisante de l'appartement ouvert à tous les vents.

Livie ne se doutait pas de la surveillance dont elle faisait l'objet. Certains après-midi, elle filait vers le quartier du Transtiberim pour retrouver ses coreligionnaires dans une synagogue. À force de l'épier, Octavius finit par sentir sa curiosité piquée au vif. Que manigançaient donc ces gens, pendant des heures, à l'abri des regards ? Priaient-ils vraiment ? Pourquoi Livie regardait-elle toujours par-dessus son épaule lorsqu'elle marchait dans la rue ? Que craignait-elle ? Avait-elle donc quelque secret à cacher ? Plus le temps passait, plus Octavius se montait la tête. Par un étrange effet du hasard, Caius commença à cette période à évoquer les chrétiens dans les conversations familiales. « Ces misérables, affirmait-il froidement, comploteront un jour contre Rome. Ils sèment déjà le désordre en Judée… ! » On avait en effet appris récemment par les nombreux messagers qui sillonnaient l'empire que l'agitation ne cessait pas dans cette province depuis la mort du prophète Jésus. Caius s'en était d'abord montré surpris. Pourquoi cet homme, que les juifs convertis au christianisme appelaient le Messie, exerçait-il tant d'influence ? Il n'était pas le premier illuminé à se proclamer l'envoyé d'un dieu parmi les juifs… Puis Tigellin, le conseiller de Néron, lui avait ouvert les yeux. Ses espions lui avaient signalé la présence à Rome d'un prédicateur appelé Pierre, qu'un dénommé Paul avait récemment rejoint après avoir traversé la Méditerranée. À Rome comme en Judée, ceux qu'on appelait les apôtres prêchaient dans les basses couches de la population. Les femmes, les pauvres et les esclaves, à qui ils promettaient la liberté et la vie éternelle après la mort, l'écoutaient, pleins d'espoir.

Octavius buvait les paroles de son père, sans oser lui dévoiler l'existence de Livie. Il ne tenait pas à ce que Caius exige de lui qu'il dénonce la fillette.

Un matin que Sénèque était venu le retrouver sur la petite place habituelle pour lui donner sa leçon, le jeune homme osa poser la question qui lui brûlait les lèvres :

— Est-il vrai, maître, que les chrétiens refusent d'honorer notre empereur[1] et de prêter serment à notre armée ?

Le vieillard approuva en regardant Octavius d'un air impénétrable :

— Oui, c'est vrai… Les chrétiens ne sont pas nombreux mais ils sont fervents et, à ce qu'on m'a dit, fort intolérants. Ils considèrent que seul leur dieu mérite des prières. En connais-tu ?

Octavius haussa les épaules en restant évasif :

— J'en ai croisé en dehors de la ville…

---

1. Les Romains considéraient leur empereur comme un dieu, et lui rendaient un culte qui était obligatoire.

Sénèque attrapa Octavius par les épaules et planta ses yeux las dans ceux de son élève :

— Tout ce qui vit à Rome doit se conformer à l'ordre divin qui est le nôtre, prononça-t-il gravement. Les chrétiens, s'ils ne changent pas d'attitude, encourront notre juste colère… ou celle de Jupiter Capitolin[1].

Le vieux philosophe s'interrompit un moment en dodelinant de la tête. Il s'assit aux côtés d'Octavius pour commencer sa leçon, puis il lâcha d'une voix éraillée, à la grande surprise de son jeune interlocuteur, qui ne put en comprendre à cet instant l'énigmatique pressentiment :

— Je suis inquiet, Octavius. Des nuages noirs s'amoncellent au-dessus de nos têtes. Un monstre s'approche… Néron… Néron devient fou depuis la mort de la petite

1. En 70, les Romains détruisirent Jérusalem pour maîtriser les révoltes qui secouaient la ville.

Claudia Augusta[1]. Il y a tant de fantômes et de mauvais inspirateurs autour de lui depuis qu'Agrippa et Burrus nous ont quittés… Tant de crimes, de sacrilèges… On dit que l'empereur a profané la Regia[2]… J'ai peur…

*****

Une tragédie, en effet, devait débuter dans la nuit du 18 juillet de l'année 64. Il était dix heures du soir environ, quand dans les ruelles noires et silencieuses du Circus Maximus. Une silhouette se glissa à l'intérieur d'un entrepôt. L'affranchi dénommé Servius revenait en catimini dans la réserve d'huile du riche propriétaire dont il gérait

---

1. Claudia Augusta est la fille de Néron et Poppée, née en 63. Sa mort à l'âge de 4 mois a plongé Néron dans un immense chagrin.

2. Première vestale, sous la protection de laquelle était placée la cité de Rome.

les affaires. L'homme, d'allure débonnaire, incarnait la loyauté et l'honnêteté mêmes. Jamais auparavant il n'avait songé à tromper Appius. Servius était trop reconnaissant à son maître de lui avoir rendu sa liberté. Et pourtant… Ce soir-là, l'intendant titubait sous l'effet de l'alcool. Il avait encore trop joué. De l'argent. Et il avait perdu, une fois, deux fois, cinq fois… Au début de la soirée, les piles de pièces gravées à l'effigie de Néron s'entassaient pourtant à sa main gauche, sur le coin de la table. Dans la taverne, les conversations filaient bon train. Ses partenaires de jeu riaient à gorge déployée en exhibant leurs bouches édentées. La joyeuse compagnie trinquait en entrechoquant violemment les cratères. Le vin coulait sur les doigts, les mentons et les poitrines. Quelle soirée ! Jamais Servius ne s'était autant amusé. Des femmes étaient venues rejoindre les noceurs. Ils avaient dansé et chanté en s'embrassant. Et puis, à un moment flou qu'il n'aurait su déterminer, ses piles de pièces de monnaie s'étaient volatilisées. Servius s'était retrouvé les poches vides et des dettes en veux-tu en voilà. Un grand silence s'était abattu autour de la table de jeu. Plus personne ne riait. La gaieté avait laissé place à de lourds regards menaçants. Son voisin de table l'avait attrapé par les épaules et lui avait postillonné à la figure, l'haleine chargée : « Maintenant, tu dois nous rembourser, camarade. »

Servius referma la porte sur lui en évitant de faire claquer le loquet dans la nuit. Des centaines de jarres remplies d'huile et de vin s'alignaient devant lui, à la lueur vacillante de sa torche. Durant la journée, l'intendant avait fait acheminer depuis les pressoirs d'Appius de nouveaux chargements de marchandises, qu'il lui faudrait mettre en vente dans les semaines à venir. Servius n'avait pas eu le temps de consigner les nouveaux stocks dans ses registres de comptabilité. S'il les détournait à son profit, il pourrait déjà en tirer une petite trentaine de sesterces et commencer à rembourser. L'intendant gémit.

Ses yeux se fermèrent malgré lui. Une douleur atroce lui vrillait la tête, qui le fit tanguer. Une violente vague amère le submergea soudain. Le pauvre homme vomit à longs jets dans des hoquètements douloureux avant de perdre conscience. Dans sa chute, il lâcha la torche, qui s'en alla rouler au pied du mur en torchis.

*****

Vers minuit, l'alerte générale fut donnée. Octavius se réveilla en sursaut en entendant la volée de coups de poing sur la porte de sa maison. Lorsqu'il se rua dans l'atrium, Caius et Julia étaient déjà levés. Un brigadier des pompiers leur apprenait que de gigantesques flammes dévoraient trois des quatorze zones géographiques de Rome créées sous l'empereur Auguste. Le Grand Cirque, le mont Caelius et le quartier de Sulusa étaient déjà presque entièrement détruits. Malgré les chaînes humaines formées par les habitants, le transport de l'eau tardait.

De minute en minute, la situation empirait, aggravée par un fort vent de sud-est qui poussait la catastrophe vers l'Aquilin et le Palatin. Le brigadier, désolé, finit par leur dire qu'il faudrait sans doute évacuer sous peu, de l'autre côté du Tibre, sur la rive ouest. Ils n'avaient d'autre choix que d'abandonner temporairement leur maison avant que la foule, prise de panique, ne bloque les portes qui contrôlaient les accès et les sorties de la ville… Très calme, Caius se tourna vers Julia et Octavius :

— Préparez vos affaires. Octavius, emmène ta mère et ta sœur chez Pétrone. Ils habitent tout près de la porte Flumentana. En cas de besoin, vous pourrez traverser le fleuve sur le pont Aemilias pour rejoindre la voie Aurelia et vous retirer sur nos terres. Je vous retrouve chez eux ou chez nous dès que possible.

Julia, qui s'était absentée, revint, le visage gris :

— Messaline n'est pas dans sa chambre…

Une joie mauvaise illumina un bref instant le cœur d'Octavius. Sa sœur avait donc choisi cette nuit pour retrouver son Faustus, ce misérable bellâtre qui n'arrivait pas à la cheville de Pétrone. Qu'elle crame donc dans les flammes d'Hadès...

Julia plongea son visage dans ses mains. De lourds sanglots secouaient sa poitrine.

— Je pense qu'elle est avec Faustus, lâcha Octavius. C'est Volesus qui a organisé le rendez-vous... Mais j'ignore où ils se sont retrouvés.

— Va la chercher et amène-la directement chez Pétrone, grinça Caius. Julia, tu viens avec moi au Capitole.

Tous trois se séparèrent sur le seuil de la maison. L'atmosphère était irrespirable. D'intenses ondes de chaleur âcre traversaient l'air saturé de cendres. Malgré les larmes qui lui bouchaient la vue, Octavius aperçut en contrebas une terrifiante fournaise d'où s'échappaient vers le ciel des milliers d'étincelles obscurcies par d'épaisses colonnes de fumée noire. Un feu apocalyptique dévorait la petite vallée de la Murcia qui séparait l'Aventin du Palatin. Le jeune homme dévala les ruelles en pente. Autour de lui, devant, derrière, des immeubles entiers, dévorés par les flammes, s'effondraient dans un terrifiant fracas de poutres et de briques consumées. Une clameur montait de toutes parts. Hommes, femmes et enfants fuyaient en hurlant, emportant avec eux leurs maigres affaires. Un Moloch colossal et prodigieux n'en finissait pas de s'accroupir sur Rome. Penché sur ses victimes encore vivantes, tel un charognard sur une carcasse, le monstre se repaissait de chair humaine. Rien ne lui résistait, ni animaux, ni marchandises, ni habitations, ni boutiques. Octavius sentit les sanglots monter dans sa gorge. Rien ne semblait pouvoir empêcher la destruction totale de son monde.

******

Malgré les efforts des secours, la fatalité s'acharna sur la cité impériale pendant six jours et sept nuits. Lorsque Rome se réveilla de ce long cauchemar, les morts se comptaient par milliers. Dix des quatorze zones géographiques de la capitale avaient été réduites en champs de ruines calcinées. Depuis l'Aventin, on ne voyait plus des anciennes habitations qui s'étendaient jadis à son pied que des pans de pierre noirs et chancelants semblables à de vieux chicots branlants sur des gencives malades. Caius entourait de ses bras les épaules de Julia tandis qu'ils contemplaient le désastre depuis leur terrasse. Les deux époux pouvaient s'estimer heureux : Messaline était saine et sauve et leur maison, à mi-hauteur de la colline de l'Aventin, n'avait subi aucun dégât.

Le couple rentra dans l'atrium où les attendaient leurs deux enfants. Messaline leva un visage craintif vers son père. À cause de cet idiot d'Octavius, ses parents n'ignoraient plus qu'elle persistait dans sa volonté de se marier avec Faustus. La jeune femme s'attendait à de sévères réprimandes de la part de Caius. Elle refreina son envie de cracher à la tête de son frère. Cet imbécile payerait sa traîtrise ! Sans regarder sa fille, le sénateur, d'un geste impérieux, la congédia. Le temps n'était pas encore venu de punir Messaline. Caius avait d'autres sujets de préoccupation. À présent que l'urgence était derrière eux, les plus folles rumeurs couraient dans la ville et les esprits. On accusait l'empereur d'être responsable de la catastrophe. On prétendait même l'avoir vu chanter au sommet du Quirinal, entouré de satyres, alors que l'incendie battait son plein. Les imbéciles ! Caius, plongé dans ses pensées, secoua la tête. Sans s'en rendre compte, il tournait comme un lion en cage autour du bassin de l'atrium, sous les regards inquiets de Julia et Octavius.

— Les imbéciles ! marmonna-t-il encore. Pour une fois qu'il n'y a rien à reprocher à Néron…

La première nuit de l'incendie, l'empereur était revenu à bride abattue de sa villa d'Antium, à soixante milles de Rome. Il n'avait pas ménagé ses efforts pour venir au secours de la population en ouvrant les jardins de son palais aux sans-abris. Lui-même avait prêté main forte aux pompiers et sillonné les rues meurtries de sa ville pour mesurer les dégâts. Très vite, il avait fait distribuer de l'eau et de la nourriture, avait ordonné qu'on déblaye les voies principales et que soient organisés des banquets pour réclamer la clémence des dieux. Cependant, Néron avait commis, peut-être, une maladresse alors que, dans les temples, le peuple désespéré n'en finissait pas d'adresser des prières à Vulcain, Cérès et Proserpine. Il avait annoncé vouloir reconstruire Rome dans un style monumental. La nouvelle architecture, plus aérée, l'honorerait, lui, le fils d'Agrippine. Elle offrirait à la cité une meilleure protection contre les incendies. Cependant, une partie des anciens quartiers dont les ruines fumaient encore devait, selon ses plans, céder la place à une immense villa que Néron avait déjà baptisée Domus aurea, la villa d'or. La nouvelle avait déplu, jusque dans les rangs des sénateurs. Beaucoup se scandalisaient du manque de compassion de l'empereur. Alors que des familles endeuillées pleuraient leurs enfants, que les femmes se rassemblaient pour implorer Junon au Capitole, Néron avait donné l'impression de ne songer qu'à sa gloire. À la Curie, Sénèque était monté à la tribune pour étriller son ancien protégé. Le peuple, à présent, enrageait. Aiguillonnée par la peur et la douleur, la foule cherchait un coupable et elle n'était pas loin de désigner l'empereur. Pour l'heure, elle se consolait encore en organisant de longues processions vers la mer où de gigantesques libations avaient lieu tous les jours. Elle aspergeait d'eau les murs des temples et les statues en espérant obtenir la clémence des dieux. Mais jusqu'à quand ?

Flavia pénétra silencieusement dans l'atrium et vint s'incliner devant Caius.

— Tigellin désire s'entretenir avec toi, maître.

Le sénateur soupira. Il aurait dû s'attendre à cette visite.

— Fais-le entrer.

Un homme au visage carré entra d'un pas pressé dans la pièce. Il salua Julia, regarda à peine Octavius, qui se tassa sur lui-même. Habituellement, Caius n'autorisait pas son fils à assister à ses conversations avec les puissants. Mais il faut croire que ce jour-là, l'édile ne considéra pas que le conseiller de Néron pouvait révéler des secrets inavouables.

— Que veux-tu ? demanda Caius.

— Tu le sais bien… Le peuple gronde. Il faut trouver un coupable pour détourner sa colère. Ce matin, Néron est encore allé au marché déguisé en cocher pour espionner les conversations. Il n'a entendu que des menaces et des rumeurs de complot contre lui.

— C'est absurde, souffla Caius. Qui aujourd'hui pourrait le trahir ? Les lois que tu as promulguées depuis ton arrivée n'ont-elles pas fait le ménage autour de lui ?

— Il faut faire oublier que Néron a commis un sacrilège… Le *Pontifex Maximus*[1]…

Caius leva la main en désignant discrètement son fils.

— Ne dis rien… J'ai compris. J'y songeais, justement.

Caius fit quelques pas vers le bassin pour contempler les murènes qui y ondulaient paresseusement. Sans regarder Tigellin, penché au-dessus de l'eau trouble, il dit lentement, comme pour lui-même :

— Lançons à notre tour une rumeur… Le Transtiberim est l'un des rares quartiers à ne pas avoir brûlé. C'est bizarre, ne trouves-tu pas ?

---

1. Grand prêtre de Rome. Le *Pontifex Maximus* accusait Néron d'avoir violé une vestale, une des prêtresses vouées au culte de Vesta, déesse protectrice du foyer.

Tigellin esquissa un fin sourire. Il avait compris et trouvait l'idée excellente. Il se rapprocha du sénateur et lui murmura à l'oreille :

— Je vais envoyer par toute la ville mes semeurs de haine, dans les tavernes et les casernes. D'ici une semaine, les esprits seront chauffés à blanc. Alors Néron n'aura plus qu'à annoncer qu'il organise des jeux du cirque. Il se pourrait aussi qu'il ordonne quelques exécutions spectaculaires… Qu'en penses-tu ?

Caius hocha la tête. Le sénateur n'aimait guère recourir aux mensonges et à la calomnie. Mais ils n'avaient pas le choix.

Octavius quitta discrètement la pièce. S'il n'avait pas entendu les dernières paroles de Tigellin, il savait ce qui se tramait. Il devait à tout prix retrouver Livie, si elle était encore de ce monde.

CHAPITRE V

Sur les bords du Tibre, une intense activité régnait malgré le soleil ardent. Des centaines de miséreux, chassés des quartiers détruits par l'incendie, se pressaient sur les quais dans un grand tumulte de cris, de bousculades et de poussière. Des pères de famille désespérés recherchaient un embarquement, des femmes erraient, leurs enfants en pleurs pendus à leur robe. Des esclaves orphelins de maîtres traînaient, désorientés, leurs baluchons aplatis ballotant sur les épaules… Les visages de ces pauvres

rescapés portaient encore des traces de brûlures et de larmes et, ma foi, c'était pitié de les voir.
Flavien observait de loin cette cohue déguenillée. Hélas… Il ne pouvait rien pour eux. Le vieillard soupira avant de reporter son attention sur la coque de l'onéraire en cale sèche qu'il était en train de calfater. Son maître, le phénicien Abdemon, lui avait ordonné de terminer les réparations pour le lendemain. Une semaine auparavant, il aurait disposé de tout son temps puisqu'il était prévu que le bateau reste à quai pendant quelques jours. Mais la catastrophe avait tout précipité. Abdemon désirait appareiller le lendemain ou le surlendemain au plus tard pour rallier Massalia où il comptait demeurer quelques mois.
Le charpentier avait fini de poser la laine goudronnée entre les planches. Il surveillait à présent un énorme brasero dans lequel des lingots de plomb achevaient de se liquéfier. Une fois la préparation prête, il attrapa une raclette de bois pour prélever une quantité de

matière brûlante mais il dut suspendre son geste. Une silhouette familière se frayait un chemin parmi la foule. Le visage ridé du vieil homme s'éclaira d'un bon sourire où l'on pouvait lire le soulagement.

— Te voilà !

La petite se précipita dans ses bras et enfouit son visage dans son épaule.

— Ils sont morts, murmura-t-elle. Tous les deux…

Lorsqu'elle se redressa, Flavien vit des larmes perler à ses paupières. Il comprit que de l'insulae où sa protégée vivait avec le couple de potiers, il ne restait plus qu'un tas de cendres.

— Dieu envoie des épreuves, il nous faut les surmonter, répondit doucement le charpentier. Tu n'es pas la seule… Regarde tous ces gens. Comme toi, ils ne savent pas où aller.

Livie hocha la tête et ravala son chagrin. Flavien baissa la voix :

— Pour ce soir, on sera plusieurs à se réunir dans une cabane, derrière les entrepôts de sel. Tu pourras y dormir avec quelques frères et sœurs.

— Je veux aller à Massalia, le coupa la fillette. Il faut que tu m'aides, Flavien…

Le vieillard allait répondre à sa jeune amie lorsque l'attitude d'un jeune homme à quelques centaines de mètres attira son attention. Ses regards fous scrutaient la foule avec frénésie. Il se précipitait sur les groupes de filles, et avec brusquerie retournait vers lui celles dont il ne pouvait voir le visage ; d'autres fois, il abordait au hasard des marins pour les interroger.

— Ce garçon m'a l'air de chercher quelqu'un de sa famille, fit observer le charpentier.

Livie se retourna. Ses yeux s'arrondirent de surprise.

— Je le connais !

À ce moment, Octavius tourna la tête et aperçut Livie, à demi dissimulée derrière la coque du navire aux côtés d'un inconnu couronné de cheveux blancs, aux traits burinés par l'air marin. Il se précipita :

— Par Jupiter ! s'écria-t-il essoufflé. Livie, je te croyais morte… ! Je suis allée chez toi… J'ai demandé de tes nouvelles aux voisins… Personne n'a su me dire ce que tu étais devenue…

Pendant quelques minutes, Octavius oublia qu'il avait espionné la fillette pendant des jours. Quel soulagement de la retrouver ! pensait-il. La mystérieuse marque de naissance qu'ils partageaient lui donnait l'impression que le sang de Livie coulait dans ses veines. Une expression de tristesse assombrit tout à coup son visage.

— Qu'est-ce que tu as ? demanda Livie. As-tu perdu des gens que tu aimes ?

— Il y a..., hésita Octavius. Il y a qu'il faut que je te dise quelque chose... Je t'ai espionnée et...

Flavien et Livie échangèrent un rapide coup d'œil. La fillette, tout à coup méfiante, jeta d'un ton dur :

— Et alors ?

— Alors, tu es en danger, Livie, reprit très vite Octavius. Je sais que tu appartiens à cette secte qu'on appelle les chrétiens. Les Romains sont furieux, ils vont vous accuser d'être responsables de l'incendie...

La fillette poussa un cri :

— C'est injuste ! Les chrétiens ne sont pas coupables ! Tu crois que, pauvres comme nous le sommes, nous aurions intérêt à brûler la cité qui nous accueille ?

Le saisissant par le coude, Livie entraîna son ami à quelques pas, un peu plus loin sur le quai. Avec brutalité, elle lui désigna un homme aux longs cheveux gris qui, à quelques mètres de là, distribuait de l'eau et des couvertures à un groupe de femmes en haillons.

— Regarde ! murmura-t-elle avec rage à l'oreille d'Octavius. Ces mères et ces filles sont comme moi : l'incendie leur a tout volé. Et comme tu peux le voir, ce ne sont pas les légionnaires ni les hommes de Néron qui s'occupent d'elles. C'est un chrétien !

Le jeune garçon voulut répondre, mais Livie continua, indignée :

— Cet homme, vois-tu, s'appelle Samuel. Il n'est à Rome que depuis quelques mois et pourtant, il tend la main aux citoyens romains alors qu'il est lui-même considéré comme un barbare et un fauteur de troubles !

Flavien, demeuré silencieux jusque-là, avait suivi le mouvement. Il observait l'ami de Livie. « Voilà un jeune homme qui me paraît avoir un bon cœur, pensa-t-il. Peut-être pouvons-nous lui faire confiance… » Le charpentier prit en un instant une grave décision.

— Je t'invite à nous rejoindre ce soir, dit-il brusquement en posant sa main sur l'épaule du jeune homme. Nous nous retrouvons pour prier ensemble. Tu verras que les hommes, les femmes et les enfants qui croient en Jésus-Christ notre messie ne sont pas des monstres. Seule l'ignorance excite les hommes les uns contre les autres. Je ne te demande qu'une chose : de garder le secret sur notre lieu de réunion.

Curieusement, Octavius n'hésita pas un instant. Il accepta et jura. Il ignorait encore qu'en cet instant, il prenait la décision la plus importante de sa vie.

******

À l'autre bout de la cité impériale, Messaline patientait à la porte de service qui ouvrait sur l'arrière de sa maison. La jeune femme scrutait la ruelle en pente douce qui s'étirait entre elle et, en face, de vastes jardins plantés de lauriers-roses et de mimosas. Tout à coup, une mouche importune vrombit dans ses cheveux. D'un geste impatient, elle la chassa. Par quel côté allait donc arriver Volesus ? Par le haut de la venelle ou par en bas ? La jeune femme écrasa froidement entre ses doigts l'insecte entêté. Il fallait qu'il se dépêche, cet idiot. Elle ne disposait que d'une heure, deux tout au plus. Octavius avait disparu, sa mère avait enfin cessé de la sermonner pour retrouver aux thermes ses copines Mettia et Nona. Au bout d'une dizaine de minutes, enfin, l'intrigante reconnut son visiteur qui montait d'un pas vif. Comme ils en étaient convenus, Volesus avait rabattu sur son visage un capuchon, au cas où Messaline ne se serait pas trouvée seule sur le pas de la porte. Sitôt qu'il fut à sa hauteur, la jeune femme se pencha vers lui et lui chuchota quelques instructions. Dans le même temps, elle lui glissa une bourse entre les mains.

Volesus sourit comme un reptile : oui, Messaline volait le sénateur Caius pour le payer. Et alors ? Ce n'était pas son problème. Ce jeune homme médiocre profitait sans scrupules de la richesse de cette famille noble pour se faire payer ses services. Et il pensait, en repartant : « Et que Faustus, s'il l'apprend un jour, ne vienne pas me donner des leçons de morale ! Je ne suis pas fils de sénateur, moi, ni fils de riches marchands. Ce n'est que justice si je peux me faire entretenir par ces gens-là… »

******

Octavius retrouva ce soir-là sa jeune amie dans la vieille cabane aux planches vermoulues que lui avait indiquée Flavien. On y accédait par la via Ostiensis. Il fallait ensuite longer les quais ouest qui s'achevaient en pente douce sur une grève de terre et de sable mélangés, à quelques centaines de mètres au-delà de la porte Raudusculane. Un ciel charbonneux pesait sur Rome. Dans l'obscurité tremblante des torches plantées à même le sol autour du cabanon, le jeune garçon vit d'abord la noire silhouette trapue des hangars à sel qui s'élevaient au-dessus de lui, sur sa gauche. Il huma la fumée âcre des flambeaux, entendit des murmures coulant comme une fontaine puis il sentit la puissante puanteur des poissons pourris accrochés aux filets déchirés abandonnés sur la rive par les pêcheurs. Une file de visiteurs nocturnes s'allongeait devant la bicoque. Chacun, devant la porte, chuchotait avant d'entrer. Tandis qu'il approchait à son tour, Octavius frissonna sous la froidure inattendue d'une brise venue du fleuve avant de reconnaître Livie, qui l'attendait.

— Reste avec moi, lui intima-t-elle. Tu ne peux pas entrer sans mot de passe…

À l'intérieur, des femmes, des enfants et des hommes, jeunes comme anciens, prenaient place. Ils s'assirent en rond sur la terre battue autour d'un homme au visage doux. Octavius reconnut Paul, l'apôtre que son amie avait retrouvé au bas de chez elle l'autre soir, quand il l'espionnait avec Pétrone. Flavien se tenait à ses côtés, la mine grave. Lorsque l'assemblée fut installée et le silence complet à part le crépitement sec des tisons, le vieux charpentier prit la parole.

— Mes frères, mes sœurs, commença-t-il, je vous demande d'accueillir ce soir Octavius. Il est romain, fils du sénateur Caius. Il a, je crois, des choses à nous dire.

Pris au dépourvu, Octavius regarda Livie. Il se sentait piégé, il en voulut à son amie. Il éprouva un mélange de colère et de pitié pour ces gens qui vivaient dans la peur des persécutions. Il eut tout à coup envie de prendre ses jambes à son cou, de courir à la demeure de Sénèque… Son vieux maître saurait, lui, quoi faire en pareille circonstance. Et puis… Le jeune garçon vit les visages confiants de ces êtres tournés vers lui, il les regarda vraiment. Qu'avaient-ils donc de différent de lui ? Il songea que ses dieux à lui, les dieux des Romains, tentaient de l'avertir de quelque chose dans ses rêves. Mais de quoi ? Renierait-il tout ce en quoi il croyait s'il aidait ces pauvres créatures ? Trahissait-il Rome en assistant aux réunions secrètes des chrétiens ? Il croisa le regard ardent de Flavien. Cet homme, qu'il ne connaissait pas quelques heures plus tôt, lui souriait de tout son visage, sans compter, avec bonté. Une chaleur surnaturelle, que jamais aucun regard de Caius n'avait su lui procurer, enveloppa soudain Octavius. Il eut la révélation que la masure nauséabonde et humide où il se trouvait en cet instant serait désormais pour lui une oasis.

— Vous... commença-t-il d'une voix frémissante. Puis se raclant la gorge : — Ils vont accuser les chrétiens d'avoir allumé l'incendie... Il ne faut plus vous réunir. Il faut vous cacher ou fuir.

Des murmures d'inquiétude s'élevèrent, que Paul fit cesser d'un simple geste. L'apôtre baissa la tête en signe de recueillement et joignit ses deux mains :

— Prions, mes frères, prononça-t-il d'une voix délicate.

L'on n'entendit plus alors qu'un épais silence seulement troublé par le souffle du vent. Le battant d'une porte claqua au loin, une mouette poussa un cri, une poulie grinça. Et puis, dans l'effleurement de la nuit, on devina soudain des pas légers, un je-ne-sais-quoi d'imperceptible, comme un mouvement tournant autour de la cabane. Octavius releva la tête, les yeux perçants, presque phosphorescents. En même temps que Livie, il se rua sur la porte de la cabane. Dehors, dans la grande noirceur, il aperçut Volesus s'enfuyant vers les berges du fleuve.

CHAPITRE VI

Sans doute, lecteur, possèdes-tu chez toi quelques livres d'histoire… Ouvres-en un. Regarde les chapitres consacrés à Rome au temps de Néron. Feuillette les pages qui racontent les persécutions dont furent victime les chrétiens. Les aperçois-tu, ces pauvres femmes hurlant de terreur, dévorées par les chiens affamés ? Et les pères de famille brûlés sur des croix ? Et les jeunes filles jetées aux lions ? Hélas… Il faut nous souvenir que pendant des jours, Néron organisa dans la capitale une véritable chasse à l'homme. Le terrain fut habilement préparé par les sbires de Tigellin. Tels des serpents sournois, ces mercenaires payés par le pouvoir impérial se glissèrent dans les tavernes, les temples et le cœur des habitants. Sans relâche, ils propagèrent de fausses informations sur les chrétiens. On encouragea les citoyens à mentir et à dénoncer pour rassembler de prétendues preuves de leur responsabilité. On excita la haine tant et si bien qu'une effroyable rage de tuer s'empara de la cité. On vit bientôt fleurir aux portes de la ville des croix érigées le long des voies sur lesquelles agonisaient sous un soleil lourd des crucifiés ensanglantés. Néron, trop heureux de détourner l'attention des ignorants de ses propres méfaits, ouvrit ses jardins privés pour offrir au peuple d'infâmes spectacles d'êtres humains transformés en torches vivantes. Il organisa des jeux du cirque où le public entrait dans l'enceinte comme dans un stade pour contempler l'impitoyable mise à mort d'innocents…

Ni Octavius ni Livie n'assistèrent à ces événements. Au lendemain de la découverte de la cabane par Volesus, ils embarquèrent avec quelques compagnons d'infortune sur un vaisseau de marchandises que Flavien leur avait trouvé grâce à un marin de sa connaissance. Mais ils avaient dû quitter leur refuge du bord du Tibre en pleine nuit pour gagner à pied le port d'Ostie, à quelques dizaines de milles.

C'est ainsi qu'à l'aube d'un jour d'été de l'année 64 de notre ère, une voile brune quitta les rivages de l'antique côte italienne pour cingler vers les rives nord de la Mare Nostrum. Les adieux à Flavien avaient été émouvants. Sur un bout de papyrus, Octavius avait griffonné une lettre adressée à Caius, et une autre à Julia. Il y racontait les manœuvres de Messaline – car le jeune garçon avait compris en voyant Volesus quelle main avait guidé ses pas. Il défendit les chrétiens, jurant de leur innocence. Il justifia son départ par sa volonté de découvrir une vérité qu'il pressentait. Il supplia son père de lui pardonner de les quitter, lui et Julia, comme un voleur. Il racontait enfin comment il avait rencontré Livie et fait la connaissance de cette poignée de croyants au doux regard avec lesquels il partait pour un long voyage. Sa lettre s'achevait par ces mots : « Je veux savoir ce que signifie cette spirale gravée dans la chair de mon épaule et dans celle de Livie. Je nous crois unis, elle et moi, par un lien mystérieux qu'il me faut découvrir. Je ne rentrerai pas à Rome avant d'avoir compris. Dis à Pétrone que je l'aime et qu'il ne m'oublie pas. » Octavius avait confié à Flavien la mission délicate de porter la lettre à la maison sur la colline de l'Aventin. Le vieux charpentier s'était acquitté parfaitement de son devoir en la remettant en main propre aux destinataires.

La navigation vers Massalia se déroula sans surprise. L'équipage cabota un temps le long des rivages de deux îles assez grandes peuplées, disait-on, de néréides et de sirènes. Au douzième jour, les fuyards arrivèrent en vue de la cité phocéenne. Octavius, accoudé au bastingage, suivait le vol d'un goéland lorsqu'il repéra les premières maisons de pierre à toits-terrasses disséminées dans la maigre végétation de la côte. L'étrave du navire fendait les flots bleus et blancs où clignotaient mille soleils. Un dauphin à la peau grise et soyeuse bondit soudain au-dessus d'une vague qui les éclaboussa. Livie éclata de rire en léchant l'eau salée sur sa main. Écartant ses cheveux ébouriffés que le vent plaquait contre ses joues et sa bouche, elle tourna ses yeux couleur saphir vers son compagnon :

— Nonus a un vieil oncle qui vit au port. Il paraît qu'il a navigué jusqu'au bout du monde ! Là où la mer se transforme en glace et où le soleil ne se couche jamais ! Il peut nous héberger quelques jours.

Octavius, les yeux à demi clos, hocha la tête. La brise légère, l'immensité de l'azur, les gouffres d'eau noire traversés de transparences turquoise, les myriades de poissons argentés sous ses pieds… Tout l'enivrait.

Il écoutait à peine les paroles de son amie. Dans ce vaste paysage d'air et de lumière, l'embouchure d'une profonde calanque dominée par une falaise de calcaire rose apparut bientôt, prolongée vers l'ouest par une côte rocheuse parsemée de genêts et de cristes-marines. Le bateau vira légèrement, laissant à tribord un promontoire qui défila avec la lenteur d'un albatros. Octavius distingua au sommet les colonnes d'un temple environné de genévriers puis, dévalant l'arête de la roche qui plongeait dans la mer à cet endroit, des remparts cyclopéens qu'on aurait cru bâtis pour résister aux foudres de Jupiter. Enfin, le navire vint se ranger le long d'un quai bordé d'entrepôts à jarres et de hangars à bateaux. On jeta les amarres, on sauta à terre au milieu d'une nuée de mouettes querelleuses. Livie la première fondit en larmes avant de se jeter dans les bras de ses coreligionnaires. Ils se promirent de se revoir pour prier ensemble. Octavius se tint à l'écart de ces embrassades : il n'avait d'yeux que pour la vie qui grouillait sur le port. Les sons, les odeurs, les couleurs lui semblaient d'un autre monde. Jamais il n'avait vu de navires si grands et si hauts, ni autant de bateaux phéniciens reconnaissables à la poutre qui prolonge leur proue. Les mâts s'alignaient comme une forêt, les voiles à demi rabattues claquaient dans le vent comme des fouets. Des entrailles des coques ventrues ornées de l'œil porte-bonheur sortaient et entraient des esclaves chargés d'amphores et de sacs de blé, sous les yeux vigilants des capitaines et de magistrats de l'annone. Des enfants en nage couraient sur les planches du quai, slalomant entre les étals de femmes qui vendaient des bijoux d'ambre et de la vaisselle d'étain. Un peu plus loin, des potiers proposaient des céramiques rouges aux formes originales, chargées de décors peints, incrustés ou gravés. La ville même, fortifiée et assez étendue, offrait aux étrangers des scènes pittoresques. Une fois la porte principale franchie, Nonus emprunta une ruelle dallée qui montait à l'assaut d'une colline.

L'ancien légionnaire marchait vite. Octavius et Livie trottaient derrière lui, ne sachant où donner de la tête. La rue bruissait de mille langues inconnues à leurs oreilles et se colorait de mille étoffes. Sur le seuil des échoppes aux étals débordant d'olives, d'épices ou de poissons séchés, des commerçants riaient, s'apostrophaient, s'insultaient, vantaient leurs prix imbattables. Les deux jeunes Romains découvraient étonnés des physionomies inhabituelles et une mode différente de celle de la capitale. À Massalia, beaucoup d'hommes portaient les cheveux longs sur les épaules ; d'autres les rassemblaient sur une tempe où ils formaient une torsade terminée par un nœud élégant en forme de huit. Mais ce qui les fit le plus rire, ce fut ce Gaulois trapu à la panse rebondie qui s'avançait tel un sénateur satisfait au milieu de la chaussée. Il jetait en avant ses bras ballants et portait des braies, une sorte de pantalon à rayures resserré aux chevilles par une lanière de cuir. Le pauvre homme, fagoté de la sorte, ressemblait à une grosse barrique sans avoir l'air de s'en rendre compte.

— Je préfère quand même les toges de nos hommes, pouffa Livie en poussant Octavius du coude.

L'oncle de Nonus accueillit son neveu et ses visiteurs avec bonhomie. Le vieux marin avait construit lui-même sa demeure, qu'il avait agrandie au fil des années, entre ses voyages. Depuis sa terrasse située sur l'une des trois collines qui entourent le port, il embrassait l'horizon outremer et le dédale de la ville qui s'étendait à ses pieds.

— Bienvenue chez moi ! clama-t-il en leur tendant un cratère rempli de vin.

Nonus repartit le lendemain, après un repas bien arrosé à l'ombre des mimosas. Il rejoignait son frère, installé dans la nouvelle colonie romaine d'Olbia, à plusieurs dizaines de milles du littoral. Il était convenu qu'Octavius et Livie resteraient chez Tertius le temps de trouver un moyen de gagner quelques sous. Après seulement, ils commenceraient leur enquête. En réalité, rien ne se passa comme ils l'imaginaient.

*****

Pendant des semaines, Octavius et Livie errèrent sur le port et dans la ville en quête d'indices. Ils interrogèrent marins, marchands, écrivains publics… Personne ne se souvenait d'un marché aux esclaves semblable à celui dont Livie avait gardé de vagues images. Personne ne pensait même qu'un tel lieu ait jamais existé à Massalia. Un matin qu'ils traînaient, découragés, à la lisière de la ville bien au-delà des remparts, ils aperçurent un chien noir. L'animal appuyait ses deux pattes avant sur la margelle d'une fontaine publique. Debout comme un homme, il buvait à longs traits l'eau stagnante du bassin. Lorsqu'il releva la tête, ses yeux jaunes démesurés se fixèrent sur Octavius. Un désagréable frisson traversa le jeune garçon.

— Allons-nous-en, murmura-t-il en attrapant le bras de sa camarade. Je suis fatigué.

Un coup de vent se leva, qui fit rouler sur les pavés de petits tourbillons de poussière.

— Attends, le coupa Livie, je veux le caresser !

La fillette courut vers l'énorme canidé. Elle tendit la main mais il se produisit alors un prodige : toujours, la tête sombre et hirsute reculait dans la ruelle, inaccessible aux doigts impatients de Livie. Dans le même temps, le chien grossissait, son corps mais surtout sa gueule, de plus en plus massive. Ses deux mâchoires se mirent à aboyer lentement sans qu'on entendît le moindre son. On aurait dit qu'il articulait quelque message secret. L'instant d'après, quelque chose, quelque part, autour d'eux, se brisa. Le mouvement du monde ralentit, et la course des nuages et le battement de leur cœur. Les minutes se transformèrent en éternités, le soleil éclata en milliers de miroirs immobiles. L'espace chavira de sorte que, par enchantement, Octavius et Livie se retrouvèrent à suivre l'étrange animal sur un chemin de terre inconnu. Ils marchaient sur une voie au milieu des parcelles cultivées de vignes et d'oliviers. Pas un cri d'oiseau ne les accompagnait, pas un insecte, rien que le silence. Au détour d'un coude que formait le chemin, Octavius aperçut un esclave de retour des champs. Il lui fit signe mais l'autre ne parut pas le voir, même lorsqu'il les croisa à les frôler. Le fils de Caius et Julia se retourna, regarda les dernières masures de Massalia dans son dos. De pâles rayons les éclairèrent jusqu'à ce que le ciel se chargeât de nuages de plomb qui engloutirent la lumière.

Le chien déboucha sur une garrigue grise et sauvage parsemée de bourrelets de terre. Une végétation déboussolée poussait en ces lieux. Cela donnait un curieux assortiment de plantes du Nord mélangées à celles que l'on trouve dans les terres du Sud. Des herbes folles, d'un vert presque fluorescent, croissaient à l'ombre de chênes-lièges rabougris.

Elles côtoyaient des lavandes entêtantes, le thym citron et le romarin commun. Octavius et Livie se retrouvèrent soudain au pied d'un arbrisseau sans qu'ils ne se souviennent avoir franchi la distance que les en séparait. Leur guide avait disparu. Une pluie aigrelette se mit à tomber, exhalant du sol des senteurs d'humus. La fillette parut revenir d'un songe. Jamais sa peau n'avait paru si translucide à Octavius et il ne fut presque pas surpris lorsqu'il l'entendit psalmodier une litanie incompréhensible. Elle se mit à tourner autour de l'arbre, tomba à quatre pattes. Une frénésie s'emparait d'elle, elle reniflait la terre, tâtait, partait, revenait, tournait en rond. Tétanisé, Octavius la regardait sans savoir que faire lorsque dans une brume incompréhensible qui s'était levée sur la plaine, il vit distinctement à quelques mètres la silhouette d'un vieillard à la barbe foisonnante vêtu d'une longue robe blanche. La créature flottait au-dessus du sol. C'était un druide, aucun doute n'était permis. Le jeune garçon sentit ses cheveux se dresser sur sa tête. L'instant d'après, il entendait Livie hurler.

*****

Octavius scrutait la sombre bouche par laquelle sa jeune amie avait disparu.

— Tu ne t'es rien cassé ? hurla-t-il, effrayé par sa propre voix.

Seul le souffle chaud du trou dans la terre lui répondit d'abord puis, une voix hystérique :

— Octavius ! Viens ! Vite !

Le jeune garçon se coula à son tour dans l'ouverture. Livie avait dégringolé dans un boyau qui débouchait sur une petite salle souterraine aux parois recouvertes de galets superposés. Elle s'était blessée à la cheville mais pouvait néanmoins marcher. Par des infiltrations du sol, une faible lumière rayonnait de la surface. La fillette saisit la main d'Octavius et tendit le doigt vers le fond de la cavité. Octavius s'approcha.

Un squelette presque entièrement décharné reposait, les jambes repliées, sur une dalle de granit. Des pièces de monnaie éparpillées autour de son lit de mort brillaient faiblement. Le jeune garçon y reconnut, gravé sur les avers, le symbole qui ornait son épaule et celle de Livie.

CHAPITRE VII

Julia se réveilla dans la nuit sans trouver Caius à ses côtés. Pendant un instant, elle contempla le spectacle des ombres projetées par la lune sur les murs de sa chambre. Puis à pas légers, enveloppée de voiles, elle traversa tel un fantôme la maison où vacillaient de loin en loin des lumignons. Elle sortit dans l'air parfumé du jardin. Accrochés aux murs de l'atrium, des flambeaux fichés dans des anneaux de fer crépitaient doucement autour du bassin aux murènes. Leurs flammèches éclairaient le profil d'un homme assis sur un banc de pierre, les coudes sur les genoux, le menton dans les mains. À ses pieds, la brise nocturne soulevait un morceau de papyrus que Julia reconnut pour être la lettre d'Octavius à son père. La jeune femme posa une main sur l'épaule de son mari, sans prononcer un mot. Ce fut Caius qui, dans l'ombre, commença à parler.

— Et si c'était elle ?

La voix de l'époux de Julia se brisa. Son cœur à elle se serra. Des images qu'elle pensait avoir oubliées, qu'elle avait voulu éloigner d'elle à tout jamais, s'imposaient à son esprit. La rumeur d'atroces combats montait de nouveau entre ses oreilles, la transportait malgré elle sur la terre de ses ancêtres. Dans le même temps, un espoir insensé l'envahissait, qu'elle s'efforçait de tuer. Comment un tel miracle serait-il possible ? Qui connaît la volonté des dieux ? Julia prit une profonde inspiration. Elle tendit à Caius une missive qu'elle avait écrite la veille.

— Pars demain, Caius. Retrouve Octavius et donne-lui cette lettre de ma part. Il doit savoir.

Le sénateur enfouit sa tête dans la longue tunique de son épouse et se mit à sangloter, avec toute la violence dont il était capable.

*****

Tertius examinait avec intérêt la pièce d'argent que venaient de rapporter ses deux jeunes hôtes. Octavius et Livie se tenaient, livides, devant lui. Tous trois s'étaient installés sur la terrasse, dans la lumière rasante du soleil couchant. Les deux enfants avaient dénudé leurs épaules pour montrer à leur hôte la marque de naissance que d'ordinaire ils cachaient soigneusement aux étrangers. Et à présent, ils dardaient sur lui des yeux remplis de questions auxquelles Tertius ne pouvait répondre.

— Tout ce que je peux vous dire, commença le vieux marin, c'est qu'on raconte beaucoup d'histoires sur les tribus qui vivaient autrefois aux portes de Massalia. On les appelait les Ségobriges. C'était au temps des Grecs…

La voix de Tertius se mit à ronronner, comme dans les veillées au coin du feu. C'était un conteur extraordinaire qui savait ensorceler son auditoire. « Imaginez-vous, les enfants ! disait-il avec de grands gestes et en roulant des yeux dramatiques. Tout ce que vous voyez depuis ce belvédère, le Lacydon, les temples d'Artémis d'Éphèse et d'Apollon Delphinios, le sanctuaire d'Athéna, le théâtre, l'agora, le forum, rien de tout cela n'existait ! C'était autrefois une terre vierge, sauvage, inculte. Il ne régnait en ces lieux que des barbares[1], qu'on appelle aujourd'hui les Gaulois mais dont les vieux mémoires rapportent qu'ils portaient jadis le nom

1. Les Romains considéraient les Celtes vivant aux portes de Massalia comme des sauvages mais on sait aujourd'hui que ces peuplades vivaient dans des sociétés organisées et techniquement avancées.

de Ségobriges. Un jour, des voiles parurent à l'horizon. C'était la flotte de Protis et Simos. Ces jeunes Grecs intrépides venaient, dit-on, d'Asie. Peut-être étaient-ils partis des lointains rivages de Troie, dont Homère raconte la misère après la terrible guerre qui l'opposa à Athènes. Quoi qu'il en soit, l'équipage débarqua à quelques mètres d'ici, dans le Lacydon. Les voyez-vous, les enfants ? Les entendez-vous ? Ce jour-là, le roi des Ségobriges, Nannus, préparait le mariage de sa fille Gyptis. Toutes barbares qu'elles étaient, ces tribus, dont les origines se perdent dans la nuit des temps, respectaient les lois de l'hospitalité. Nannus invita les voyageurs grecs au banquet de la noce. Une coutume voulait alors que la promise choisisse son futur époux parmi les jeunes invités. Devinez donc sur qui elle jeta son dévolu ? Protis ! C'est ainsi que les Grecs et les Ségobriges firent alliance et vécurent en bonne intelligence pendant des années. »

Tertius, tout à son récit, s'interrompit cependant pour boire une grande lampée de vin. Puis il reprit, après s'être essuyé la bouche du revers de la main : « Après la mort de Nannus, hélas, les relations entre les Ségobriges et les Grecs se dégradèrent. Les barbares, voyant la ville prospérer et s'agrandir, prirent peur. La jalousie s'empara d'eux. Un jour, leur nouveau roi tendit un piège aux Grecs. Ce fut à l'occasion d'une fête. La ville devait accueillir des délégations des tribus voisines de Massalia. Les Ségobriges arrivèrent avec des chars. Des dizaines d'hommes s'y tenaient cachés sous des joncs et des feuillages. À la nuit tombée, ces traîtres devaient ouvrir les portes de la cité pour laisser entrer des guerriers qui attendaient embusqués dans les montagnes alentour. Cependant, ils en furent pour leurs frais ! Une femme proche du roi des Ségobriges avait pour amant un jeune Grec. La malheureuse, qui voulait le sauver d'un massacre certain, vendit la mèche. C'est ainsi que le guet-apens se referma sur les barbares. Les soldats grecs débusquèrent les ennemis cachés dans les chars et les égorgèrent tous, un à un ! À leur tour, ils tendirent un piège aux Ségobriges qui entrèrent dans la ville. Pas un ne survécut… »

Livie, suspendue aux lèvres de Tertius, attendait la suite.

— Et les Romains, demanda-t-elle les yeux écarquillés, quand sont-ils arrivés à Massalia ?

Tertius leva les bras au ciel.

— Ah ! Je ne sais pas exactement… Mais mon père, qui tenait ceci de son grand-père, m'a raconté qu'après le massacre des Ségobriges, les attaques contre Massalia ne cessèrent plus. D'autres tribus, depuis l'intérieur des terres, prirent le relais. Il ne se passait pas une lune sans que des pillages soient perpétrés. Les Massaliotes n'étaient guère plus tranquilles côté mer. Des pirates harcelaient leurs flottes commerciales et menaçaient la prospérité de la colonie. Ils furent obligés de bâtir tout au long de la côte des places défensives. Mais cela ne suffit pas… Alors un jour, les Massaliotes ont appelé les Romains à la rescousse. C'est ainsi que, petit à petit, nous sommes venus de plus en plus nombreux nous installer ici. Pour autant, Livie, Massalia était encore une cité indépendante, la plus importante de nos rivages. Ce n'est qu'au temps de la guerre entre Jules César et Pompée que…

Cependant, Octavius sentait son malaise grandir en même temps qu'une certaine impatience.

— Mais ce symbole, finit-il par dire en interrompant Tertius, que veut-il dire ? Pourquoi Livie et moi le portons-nous ?

Le vieux marin se gratta l'oreille.

— Écoute, Octavius… Je crois que quelqu'un, pour une raison inconnue, quelqu'un qui, sans doute, voulait pouvoir vous reconnaître, a gravé ce symbole à votre naissance…

Octavius avala sa salive. À Rome, seuls les esclaves enfuis et repris pouvaient être marqués au fer rouge.

— Mais qu'est-ce que cela veut dire ? balbutia-t-il. Que j'ai été un esclave, moi aussi ? Est-ce que cela veut dire que je ne suis pas romain ?

Le jeune garçon sentit un flot de larmes lui monter aux yeux. En cet instant, il regrettait d'avoir quitté Rome avec Livie. Il aurait voulu ne l'avoir jamais rencontrée et ne plus se poser de questions douloureuses. Il revit le sourire moqueur de Pétrone, se souvint des leçons du vieux Sénèque et du visage adoré de Julia. Même la méchanceté et la sournoiserie de Messaline lui manquaient… Il comprit mieux les chrétiens qui priaient ce dieu réconfortant et ne s'en remettaient qu'à lui pour décider de leur vie. Le vieux marin l'attrapa pour l'attirer doucement sur sa poitrine puis, le relâchant, il le tint à bout de bras pour le regarder en face.

— Cette tombe que vous avez découverte… J'ignore si elle est ancienne, commença-t-il.

Mais si ce symbole apparaît sur des pièces de monnaie, c'est qu'il doit être très ancien et important. Il n'y a que les souverains ou des villes puissantes qui peuvent battre monnaie ! Je ne suis pas un grand lettré mais je sais lire. Et je sais grâce à mes lectures que les Gaulois, descendants des Ségobriges, sont des Celtes. Ce symbole doit certainement être d'origine celte, voilà ce que je crois. Cela veut dire que ton histoire, que votre histoire est liée à celle de ces barbares.

La nuit était à présent complètement tombée. Au-delà de la terrasse, on devinait sous la lune la surface mouvante de la mer qui rejoignait le ciel piqueté d'étoiles. Du port montaient à intervalles réguliers les claquements secs des cordages sur les mâts qu'une brise légère agitait. Octavius en voulut à Tertius d'avoir utilisé le mot « barbare ». Pour la première fois de sa vie, il le trouva blessant. Livie saisit la main de son ami et le regarda, pleine de confiance. « Nous découvrirons la vérité, Octavius. Je te le promets. » Le fils de Caius et Julia opina, sans conviction. Il n'était plus très certain d'avoir envie de faire toute la lumière sur ses origines.

*****

Après dix jours de navigation marquée par une tempête d'une rare violence, le sénateur Caius débarquait à Massalia. Il alla directement visiter le propréteur qui gouvernait la ville et la province de la Narbonnaise. Il l'avait connu à Rome quelques années auparavant, lorsqu'il siégeait au Sénat. Le gros homme chauve, enveloppé dans une toge de lin finement tissé, habitait une villa, derrière les remparts. Il l'accueillit en se précipitant aussi vite que ses courtes jambes le lui permettaient, les bras tendus, le sourire aux lèvres.

— Salut à toi, Caius ! Quelles nouvelles de Rome m'amènes-tu ?

— Je crains de t'effrayer, Mamercus, soupira le sénateur. Le peuple est mécontent des impôts et des taxes exigés par Néron pour reconstruire Rome. Notre empereur dépense trop… Pour sa villa impériale, pour son train de vie, ses débauches… Tu sais que je n'approuve pas toujours les plus riches d'entre nous mais, cette fois, Néron va trop loin. Il a exproprié plusieurs grands propriétaires sous des prétextes fallacieux… Tu imagines bien qu'au Sénat, la révolte gronde…

Le magistrat fronça les sourcils. Lui-même possédait plusieurs domaines fort rentables en Hispanie. Caius l'apaisa d'un geste.

— En réalité, je m'inquiète surtout pour mon ami Sénèque et son jeune neveu Lucain. Tu connais les prétentions de notre empereur en matière de poésie… Eh bien, Néron est jaloux des succès de Lucain…

— Oui, oui, approuva le magistrat. Ce jeune prodige a écrit une épopée, n'est-ce pas ? Il l'a intitulée *La guerre civile*[1], me semble-t-il…

— Oui, Lucain a déjà publié trois livres qui ont eu beaucoup de succès. Néron a piqué une crise de colère épouvantable en l'apprenant. Il a interdit à Lucain de faire des lectures publiques… Je crois qu'il se venge de Sénèque par ce moyen. Il ne lui a pas pardonné de s'être éloigné de lui après la mort de Burrus…

Mamercus marmonna quelque chose en balayant mollement l'air de sa main. D'un geste alangui, il invita son visiteur à prendre place sur une banquette.

---

1. Cette œuvre, connue sous le nom de *La Pharsale*, raconte la guerre civile qui opposa Jules César à Pompée, de 49 à 48 avant Jésus-Christ. Massalia, qui avait accepté d'abriter la flotte de Pompée, y perdit beaucoup : après la victoire de Jules César, elle dut renoncer à son indépendance.

— Par Jupiter, oublions toutes ces choses désagréables… Que puis-je faire pour toi ? Dans ton message, tu m'as fait dire que tu es ici pour affaires personnelles.

Caius exposa à son hôte quelques informations, le strict minimum, pour finir par lui demander de mettre à sa disposition les moyens nécessaires pour retrouver Octavius.

— Bien sûr, mon ami ! sourit Mamercus. Je vais demander à mes mouchards d'aller traîner sur le port. Si ton fils a débarqué ici, nous le saurons vite, crois-moi…

CHAPITRE VIII

Ce fut en effet dans les allées du marché aux poissons, entre l'agora-forum et le port du Lacydon, qu'un matin, une lourde main s'abattit sur l'épaule du jeune Octavius. Le garçon n'eut guère la possibilité de s'échapper, pas plus que Livie, qui marchait à ses côtés. Les brutes qui les enlevaient sous les yeux médusés des badauds leur lièrent les bras, les bâillonnèrent et les emportèrent comme des sacs de blé. Les hommes de Mamercus avaient bien travaillé. Non seulement ils avaient retrouvé la trace des deux enfants, mais ils s'étaient présentés chez Tertius quelques heures plus tôt. D'abord surpris, le vieux marin se rassura lorsqu'il vit qu'un sénateur un peu en retrait les accompagnait. L'individu, en la personne de qui il devina le père d'Octavius, lui inspira immédiatement confiance.

Les deux hommes s'entretinrent longuement en privé. On les vit ressortir au bout d'une heure. Sur le seuil de la maison, ils se saluèrent.

— Dites à Livie et Octavius qu'ils me manqueront, murmura le vieux marin ému. Tant que je serai de ce monde, ils trouveront toujours ma porte ouverte.

*****

Une forte odeur d'iode, de sel et de vin suintait des planches que Livie voyait à quelques centimètres de sa figure. Son cerveau embrumé par les drogues ne comprit pas tout de suite où elle se trouvait. Un doux roulis sous ses fesses la renseigna. Ils avaient embarqué sur un navire. La fillette fut surprise de constater qu'elle n'était plus attachée. Elle regarda autour d'elle, se redressa sur son séant. Octavius dormait à un mètre d'elle, enroulé dans une couverture de laine. Un peu plus loin et remplissant tout l'espace, des dizaines d'amphores calées au moyen de branchages reposaient de part et d'autre de la carlingue, entre les membrures de la coque. Un bruit de pas au-dessus d'elle, tout à coup, lui fit lever les yeux. On marchait sur la couverte. À l'autre bout du bâtiment, qui devait mesurer une vingtaine de mètres, une trappe s'ouvrit dans le plancher du pont. La tignasse hirsute d'un jeune matelot s'y encadra, la tête à l'envers. Sans un mot, l'adolescent lui fit un signe de la main, l'invitant à sortir.

La lumière du soleil éblouit d'abord Livie. Puis elle vit des marins occupés à manœuvrer. Il n'y avait pas de rameurs à bord de ce bateau. Le vent seul le faisait avancer. Pour avoir souvent vu toutes sortes d'embarcations au port d'Ostie, Livie comprit qu'il s'agissait sûrement de marchands. Le mousse qui l'avait interpellée lui prit la main et l'entraîna vers la proue.

— La petite est réveillée, dit-il en la poussant devant lui vers l'homme qui leur tournait le dos. Puis il s'en alla.

L'inconnu se retourna et la regarda un long moment avant qu'une étrange expression ne vienne animer son visage.

— Bonjour, Livie, finit-il par dire. Ne crains rien. Nous allons en Bretagne. Nous y serons dans quelques semaines.

Caius n'ajouta rien de plus en cet instant, malgré la surprise de la fillette de s'entendre appeler par son prénom. Il n'en fut pas de même lorsque Octavius réveillé se jeta dans ses bras quelques heures plus tard. La vue de son fils, chez cet homme qui avait mené dans sa jeunesse de rudes combats dans la légion romaine, acheva de lui arracher des secrets qu'il s'était pourtant efforcé de rejeter loin de lui.

*****

Les vois-tu, lecteur ? Caius, Livie et Octavius se sont installés sur le pont, près de la proue du navire qui cingle vers le pays qu'on appelle aujourd'hui la Grande-Bretagne. Des nuages gris ont commencé à grossir à l'horizon. De la pluie s'annonce. Le sénateur parle, les yeux dans le vague, sans regarder les deux enfants. « Il y a quinze ans, commença-t-il d'une voix lente, j'ai suivi la route que nous empruntons ensemble aujourd'hui. Je dirigeais la XIVe légion Gemina, sous le commandement d'Aulus Plautius. Nous, les Romains, nous convoitions la Bretagne d'où vient l'étain de notre vaisselle, l'or, l'argent et l'ambre de nos bijoux. Nous avions terminé de conquérir la Gaule et l'empereur regardait au-delà de la mer du Nord pour étendre son pouvoir. Jules César, en son temps, avait déjà débarqué en Bretagne.

C'est grâce à lui que nous avons établi les premiers contacts avec les royaumes brittoniques. Ces rois celtes vivaient dans quelques villes fortifiées, sur des collines, et se faisaient souvent la guerre. Certains d'entre eux nous ont demandé de les protéger contre leurs ennemis. C'est ainsi que, comme à Massalia, des Romains se sont peu à peu installés pour faire du commerce. J'ai fait partie de ces colons. J'étais jeune, alors. C'est ainsi que j'ai connu… » La voix de Caius faiblit un peu mais il se reprit : « Je suis venu en soldat en Bretagne, pas en ami. Un jour, nous avons reçu l'ordre de détruire les sanctuaires religieux de la Bretagne… »

— Mais pourquoi, Père ? interrompit Octavius. Pourquoi ? À Rome, on pratique bien le culte d'Isis et nous l'acceptons ?

Caius fit un signe vague de la main.

— Nous parlerons de tout cela plus tard… L'empereur se méfiait des druides. Ils étaient autrefois les prêtres des peuples brittons.

Ils exerçaient une influence qui nous était hostile. Nous les avons chassés, massacrés parfois…

Livie regarda Caius d'un air de défi :

— Vous allez faire la même chose avec les chrétiens ?

— Je sais que tu es chrétienne, la coupa Caius avec rudesse avant de reprendre plus doucement : je ne suis qu'un citoyen romain qui obéit à son empereur. Les chrétiens refusent de se plier à nos lois. Nous ne leur demandons que de respecter nos usages…

Comme Livie allait lui répondre, le sénateur leva une main impérieuse :

— Ce que j'ai à vous dire est difficile… Ne m'interrompez pas… Il y avait en Bretagne un roi nommé Prasutagos. Il dirigeait un peuple, les Icènes. Prasutagos avait passé une alliance avec Rome, en échange de notre protection et de la sauvegarde de l'indépendance de son royaume. Ses enfants et sa femme, la reine Boadicée, devaient lui succéder. Mais à sa mort…

Caius s'interrompit encore une fois. Il regarda par-dessus le bordage du navire avant de fixer Octavius :

— À la mort de Prasutagos, les Romains n'ont pas tenu leurs promesses… Ils considéraient le territoire des Icènes comme une colonie. À notre tête, il y avait un homme, le procurateur Catus Decianus, dont nous autres, légionnaires, assurions la protection. Prasutagos à peine inhumé, Catus a exigé des Icènes d'énormes sommes d'argent. Il a fait fouetter Boadicée, il a violenté ses filles… Il a encouragé les vétérans de la légion à s'accaparer les meilleures terres et à y bâtir des villas. Peu à peu, les Icènes ont été exclus de leur propre royaume, les paysans réduits en esclavage…

— Et toi, Père, qu'as-tu fait ? souffla Octavius.

— Je ne souhaitais pas m'installer en Bretagne bien que je sois tombé amoureux d'une femme noble de ce pays… Je connaissais le roi pour l'avoir rencontré au cours de banquets. C'était un homme de parole, et Boadicée, la reine… Par Jupiter ! Quelle femme courageuse ! Après avoir été humiliée par Catus, elle n'a pas hésité à prendre les armes et à soulever son peuple contre nous. Elle s'est alliée à d'autres tribus celtes et a attaqué les garnisons romaines, à Londinium, Camulodunum, Verulamium…

Les questions se bousculaient dans l'esprit des deux enfants. Mais ils ne purent les poser. Caius, hypnotisé par une vision funeste, fixait le passé de ses yeux grands ouverts. De terribles cris, le bruit que font les corps en chutant sur la terre molle et le son métallique des glaives sur les boucliers résonnaient dans son esprit. Des scènes effroyables se rejouaient derrière ses paupières. Devant lui, à quelques mètres, des centaines de ses hommes s'affaissaient, la gorge tranchée, le torse traversé d'une lame ; des femmes à demi nues fuyaient dans l'aube grise, au milieu des villages en flammes ; d'autres, acculées dans les cahutes de bois et de torchis, les yeux agrandis d'horreur, subissaient les pires outrages ; des géants en armure, casqués, pourchassaient des enfants jusque dans les granges et les taillaient en pièces sous les yeux de vieillards agonisants…

— Quand Aulus Plautius, suite à ces batailles, a ordonné la contre-attaque, reprit Caius d'une voix blanche, je suis allé retrouver ma bien-aimée. Je ne pouvais supporter l'idée qu'elle et sa fille, ma fille, subissent le même sort que les centaines de femmes victimes de mes propres légionnaires. La nuit précédant l'offensive, j'ai réussi à la prévenir… Cette femme noble, c'était la sœur de Boadicée…

Octavius, stupéfait, n'écoutait plus. Il l'interrompit :

— Ta fille ? Messaline ?

— Non, il ne s'agit pas de Messaline. Cela ne se peut. Messaline était déjà née de ma première épouse restée à Rome.

Le souvenir flou d'une dame auréolée de la couronne de feu penchée au-dessus d'elle revint à la mémoire de Livie. Et soudain, elle comprit. C'était elle, cette petite fille née des amours d'un général romain et d'une femme de la noblesse celte.

*****

Le bateau du sénateur Caius, qui amenait avec lui Livie sur la terre de ses ancêtres, accosta au soir du dixième jour de Iunius de l'année 65[1] au port de Dubris[2]. Le lendemain, la petite troupe

---

1. 10 juin 65. Le mois de juin correspondait au quatrième mois du calendrier romain (calendrier julien, en, vigueur au Ier siècle après J.-C.).

2. Actuel port de Douvres.

s'engageait à bord d'un chariot payé à un marchand du port sur la longue voie qui mène à Londinium et Viroconium[1]. Cette cité fortifiée avait été érigée par les légionnaires romains pendant la conquête de la Bretagne, quelques dizaines d'années plus tôt. Caius avait cantonné entre ces murailles, juste avant la bataille finale contre la reine Boadicée.

Octavius prit place aux côtés du sénateur à l'avant du chariot tandis que Livie se calait du mieux qu'elle put à l'arrière. Bientôt, la fillette, brisée par les émotions, s'enroula dans des couvertures et s'endormit. Le conducteur et son passager, bringuebalés, fixaient tous deux sans le voir le long ruban chaotique qui filait devant eux. La voie traversait un paysage de haies et de pâturages où paissaient des moutons. Çà et là, des maisons de pierre apparaissaient, entourées de petits potagers protégés par des murets couverts de mousse. La main d'Octavius, qui tenait

1. Actuel village de Wroxeter.

la lettre écrite pour lui par Julia, venait de retomber sur ses genoux. Il ne reste aujourd'hui que quelques fragments de ce papyrus rongé par l'humidité. Mais moi qui te raconte cette histoire, lecteur, j'ai pu en reconstituer le message :

« Cher Octavius,

Si tu lis ces quelques mots, cela voudra dire que Caius t'a retrouvé et que tu vas un jour nous revenir apaisé. Les vérités sont parfois cruelles à entendre mais je te crois assez fort pour les surmonter. C'est vrai, tu n'es pas mon enfant, Octavius. Ni celui de Caius. Tu es plus que cela : tu es le descendant direct de Boadicée et de Prasutagos. Ma sœur bien-aimée et mon beau-frère ont cru, chacun, à leur manière, défendre les intérêts de notre peuple, les Icènes. Le roi Prasutagos a cru en la parole des Romains ; Boadicée a dû prendre les armes, par la force des événements. C'était une reine au cœur noble, brave, généreuse. Elle avait trois enfants, deux filles et un fils. Mes nièces et toi, mon neveu. À la veille de l'ultime bataille qu'elle livra pour notre liberté, prévenue par Caius dans la nuit, elle fit graver sur ton épaule ce symbole qui t'a tant tourmenté. Ma toute petite fille, qui n'était alors âgée que de quelques mois, reçut le même. D'autres enfants parmi la noblesse celte furent marqués, dans l'espoir de les retrouver. Car cette nuit-là, Caius, pensant que les légionnaires n'épargneraient aucun des nôtres s'ils parvenaient à enfoncer les défenses de nos troupes, préféra vous emmener loin de la bataille, dans un hameau perdu où il irait vous rechercher plus tard, en secret. Hélas… Après les combats, il ne retrouva que toi, caché derrière des fagots. Quelqu'un nous avait trahis. Le village avait été ravagé… Ma fille, celle qui s'appelle aujourd'hui Livie, et tous les autres enfants de la cour des Icènes avaient disparu. Nous avons cherché partout, pendant des semaines. Jamais nous n'avons retrouvé leur trace. Tu ne peux imaginer combien j'ai pleuré ce jour-là…

Des milliers de Romains et de Bretons avaient péri. De notre cité, il ne restait que des ruines. Je n'avais plus personne au monde que Caius et toi, toute ma famille avait disparu. Quelques semaines plus tard après la fin des combats, Caius s'est arrangé pour nous emmener à Rome, toi et moi. Il comptait nous installer dans une maison et subvenir à nos besoins. C'est à notre arrivée que Caius apprit la triste nouvelle : son épouse, la mère de Messaline, venait de mourir d'une fièvre… Tu connais la suite, mon cher neveu. La maison de Caius est devenue la nôtre et moi, j'ai essayé de devenir une mère pour Messaline… »

Le fils de Boadicée et Prasutagos demeura silencieux après la lecture du message de celle qu'il avait toujours considérée comme sa mère et qui était en réalité sa tante. Puis, dans la lumière du soleil couchant qui perçait entre les nuages et tandis que le cheval allongeait le pas, Octavius demanda calmement :

— Où allons-nous, Caius ?

Le sénateur sourit tristement, sans tourner la tête pour regarder le jeune garçon :

— Je t'emmène à la dernière demeure de ta mère, Octavius. Là où je l'ai fait inhumer avec ses armes et ses chevaux pour que son corps repose en paix.

ÉPILOGUE

Mon histoire touche à sa fin, lecteur. Il faut bien, car toutes les histoires se terminent, paraît-il. Aujourd'hui, les historiens prétendent ignorer comment Boadicée est morte. Moi, je sais. Caius était présent lorsque la mère d'Octavius avala le poison qui mit fin à ses jours. La reine des Icènes avait perdu la bataille. Au crépuscule d'une sanglante journée, elle s'était retirée avec sa garde rapprochée au fond d'une retraite d'elle seule connue. Couchée sur un lit de fortune, elle souffrait. Une vilaine blessure à son flanc gauche laissait échapper des flots de sang noir. La fière guerrière savait ce que les vainqueurs lui réserveraient si elle survivait : le même sort que Vercingétorix, le rebelle gaulois qui, quelques années plus tôt, s'était révolté contre les troupes de Jules César. Elle, l'épouse de Prasutagos, serait traînée à Rome, exhibée comme un trophée, enchaînée, emprisonnée. Elle préféra sa liberté, fût-ce au prix de sa mort.

La jeune Livie suivit Caius à Rome, où elle rencontra enfin Julia, sa mère, et sa demi-sœur, Messaline. On dit que ces deux-là ne s'entendirent pas jusqu'au jour où Livie défendit Messaline contre Caius, qui refusait toujours de la marier à Faustus. Une année après l'arrivée de Livie dans le foyer familial, Messaline s'unissait à l'élu de son cœur, auquel elle était restée fidèle.

Octavius ne revint jamais à Rome. Il préféra demeurer sur la terre de ses ancêtres et s'installer dans la ville désormais romaine de Viroconium, où il gagna sa vie comme précepteur. On dit qu'il devint un grand savant et qu'il laissa d'importants écrits sur la vie des Celtes. Sénèque, hélas, ne put mesurer l'homme de science qu'était devenu son élève. Il mourut avant la fin du règne du terrible Néron, accusé par l'empereur d'avoir comploté contre lui. Son jeune neveu Lucain subit, le même injuste sort et ne put jamais terminer la brillante œuvre qu'il avait commencée.

Quant à Pétrone, il vint quelquefois à Viroconium visiter son ami, avec Julia, Livie, Messaline et Faustus. Ils trouvèrent Octavius heureux et en paix avec lui-même. L'homme sage et érudit qu'il était devenu avait enfin compris la signification de la marque à trois spirales sur son épaule. C'était un soleil, un soleil figuré aux trois moments de sa course dans le ciel, du matin au midi jusqu'au soir. En le gravant sur sa peau, Boadicée avait légué à son fils ce qu'on appelle de nos jours un « triskèle » : un message d'espoir et un porte-bonheur.

Achevé d'imprimer chez EGEDSA (Espagne)
Dépôt légal : Juillet 2021 - 327673/01
N° de projet : 11046119 – Août 2021